Holen wir Oma aus der Hölle!

Fogos G'schicht'n

rakontoj

Das Buch

In drei Tagen wird Maria Winkler zu Eduard, ihrem Mann, flie-
gen. Der wartet schon sehnsüchtig auf die 70-Jährige, die jedoch
ihren runden Geburtstag in Deutschland feiern will. Den
Lebensabend allerdings planen die beiden Rentner auf Kreta zu
verbringen, steckten fast ihr ganzes Geld in das kleine Haus an
einem Strand der Insel.

Bürokratie, eine Politesse und ein sturer Sachgebietsleiter
machen Maria jedoch einen Strich durch die Rechnung: Sie
landet in der Psychiatrie.

Doch da sind noch ihre Enkelin Josy, die ihre Oma nicht aufgeben und Robert, der um jeden Preis an eine alte Fotografie
kommen will, die Josy besitzt. Der Klinikleiter braucht Geld für
seine Forschungsabteilung. Geld, das Robert besorgen kann,
gehört seinem Vater doch ein Pharmakonzern.

Oma Maria zu befreien scheint ein Kinderspiel zu werden..

Markus Ungerer

Holen wir Oma aus der Hölle!

Roman

Fogos G'schicht'n

©2014 Markus Ungerer, Fogos G'schicht'n, Kitzingen
Internet: http://markusungerer.de

Coverbild: Paul-Georg Meister / pixelio.de

ISBN CreateSpace: 978-1495244803

Für alle Bürokraten dieser Welt - lasst mal Fünfe grade sein.

1

Elvira Müller-Renner runzelte die Stirn, beugte sich leicht nach vorne. Der silbergraue BMW stand leider knapp neben der weißen, grauschmuddeligen Linie, die den normalen Parkplatz vor dem Sonderparkplatz für Gehbehinderte trennte. Ihre Hand umklammerte den Strafzettelblock, verharrte in der schwarzen Umhängetasche. Elvira Müller-Renner spürte es am Kribbeln in den Fingerspitzen: Hier und heute würde sie noch einen Strafzettel an den Mann bringen. Dreißig Jahre öffentlicher Dienst, da hatte man es im Gefühl. Aufmerksam umrundete sie das Auto, behielt dabei den alten Ford Granada im Auge, der gerade im Begriff war, auf den Sonderparkplatz zu fahren.

Maria Winkler presste die Lippen zusammen. Sie hätte wohl öfter Auto fahren sollen. Aber Eduard war vom alten Schlag - der Mann fährt und keine Diskussionen. Zum Glück hatte Maria diesen Diskriminierungsausweis und der nächste Parkplatz mit der Rollstuhlmarkierung lag direkt vor der Konditorei. Die Torte war sie ihren Freundinnen schuldig, die noch nicht die Radieschen von unten zählten. Siebzig wird man schließlich nicht jedes Jahr.

»Zum Abschied werde ich ihn einmal benutzen«, murmelte Maria, während sie im Handschuhfach nach dem Parkausweis suchte. Sie grinste die Politesse an, die langhalsig zu ihr herüberschielte, wedelte mit der laminierten Karte. Gott, war Maria froh, dass sie in zwei Tagen bei Eduard auf Kreta sein würde. Für das kleine Haus in Strandnähe war ein guter Teil der Lebensversicherung draufgegangen, die vor zehn Jahren ausgezahlt worden war. Eduard hatte ihr die Sache so lange schmackhaft gemacht, bis sie endlich zustimmte. Einerseits wollte sie zwar nicht weg, andererseits aber: Warum hier bei Regenwetter Rheuma züchten, wenn sie auch in der Sonne liegen konnten? Sie gestand sich ein, dass sie vielleicht nicht mehr allzu viele gemeinsame Jahre haben werden.

»Blödmann«, murmelte Maria trotzdem, an ihren Ehemann denkend, während sie ihren Wagen absperrte. Hätte er nicht warten können? 70. Da kann ich doch nicht zwei Tage vorher verschwinden und nie mehr wiederkommen. Nein, Torte und Kaffee mit Rosi, Hiltrud und Henriette muss sein. Vielleicht würde auch Josephine kommen. Maria schüttelte unwillkürlich den Kopf, während sie auf den Gehsteig trat. Die Politesse blickte streng über das Wagendach des Nachbarfahrzeugs. Josephine würde, wenn überhaupt, erst am Abend zu ihnen stoßen können. Hoffentlich geht das gut mit diesem Blumenladen, dachte Maria, das Mädel hat eine Menge Geld reingesteckt. Und hoffentlich findet sie bald einen Mann. Die Politesse verschränkte die Arme vor der Brust, tippte im Sekundentakt mit der Fußspitze auf den Asphalt. Maria rollte die Augen, dachte: Ja, schon gut. Dezent verstärkte sie das Hinken. Die künstliche Hüfte war supergenial eingepasst. Doch Eduard meinte, sie solle trotzdem diesen Ausweis behalten. Man weiß ja nie.

Als Maria die Tür zur Konditorei öffnete, lächelte sie. Zehn Jahre nicht genutzt und heute kam er ihr gelegen. Ausgerechnet bei der letzten Autofahrt in Deutschland hat er auch noch recht.

»Frau Winkler ist da«, rief das junge Ding nach hinten in die Backstube.

Maria lächelte sie an: »Ich möchte gerne die Torte abholen.«

Das Dingchen war ganz beflissen, freundlich zu wirken: »Einen kleinen Moment, Frau Winkler. Darf es sonst noch etwas sein?«

»Nein. Was bekommen Sie denn?«

»Dreiundzwanzigfünfundsiebzig, Frau Winkler. Bitte.«

»Maria. Maria.«

Eleonore Schrawinzki wuselte aus der Backstube, umrundete die Theke, flog auf Maria mit ausgebreiteten Armen zu.

Während Eleonore die zierlichere Maria schier erdrückte, versuchte sie sich an so etwas Ähnlichem wie einem Geburtstagslied: »Habby Börsday du yuu.«

Maria befreite sich aus der Umklammerung: »Eleonore. Bitte. Doch nicht vor den Angestellten.«

Eleonore räusperte sich, strich ihre Schürze glatt, trat einen Schritt zurück: »Liebe Maria. Alles Gute und Gottes Segen zu Deinem Geburtstag.«

»Danke, meine Liebe. Dürfte ich jetzt?«

»Aber nein! Natürlich nicht! Celina? Verpackst Du bitte die Torte für Frau Winkler? Das Kunstwerk geht auf Kosten des Hauses, meine Teuerste.«

Celina bettete die Torte in einen Karton, Eleonore lief um Maria herum, behielt dabei jedoch ihre Hände auf Marias Schultern, zwang ihre ehemals beste Freundin - so vor etwa 50 Jahren - sich selbst zu umrunden. Mit einem Ruck blieb Maria stehen. Durch die Hüfte schoss ein leichter, stechender Schmerz. Eleonore lächelte, trotz der Frage: »Was hat Eduard Winkler damals nur an Dir gefunden?«

Maria lächelte nicht mehr: »Ach, Ele. Es ist so lange her. Und Du hast mit Franz doch einen ganz ...« Sie sah an Eleonore vorbei durch das Schaufenster auf die Straße hinaus zu ihrem Auto und fragte: »Was macht diese Schnepfe?«

Eleonore drehte sich nun ebenfalls zum Schaufenster: »Sieht so aus, als wäre die alte Hexe fündig geworden und verpasst Dir einen Strafzettel.«

»Was meinst Du?«

Eleonores Häme war nicht zu überhören: »Sie schreibt Dir eine kostenpflichtige Verwarnung.«

»Für was?«, wunderte sich Maria, den Spott übergehend.

»Na, jetzt wirst Du wirklich alt, meine Liebe. Du stehst auf einem Behindertenparkplatz.«

»Also«, Maria stockte, »ich - ich darf das aber.«

Die Bäckersfrau stemmte die Hände in die nicht unauffälligen Hüften: »Ach?«

Maria nahm von Celina die Torte entgegen: »Ein künstliches Hüftgelenk. Lass gut sein. Die Müller-Renner kann mir keinen Strafzettel ausstellen. Ich habe einen - einen ...«

»Einen was?«

»Ja, Herrgott. Einen dummen Scheißbehindertenausweis.«

Eleonore huschte erstaunlich schnell zu Maria. Sie hob den Arm - Maria konnte sich wegen der Torte in ihren Händen nicht wehren - und streichelte ihr mit dem Handrücken sanft über die Wange. Maria schüttelte sich: »Lass das.«

Das Grinsen kaum unterdrückend, öffnete Eleonore ihr die Tür: »Lass das gute Stück nicht fallen.«

»Keine Sorge. Auch mit einer künstlichen Hüfte ist viel möglich, meine Beste. Mit Speck wohl eher nicht.«

Eleonore knallte hinter Maria die Ladentür zu, verzog das Gesicht: »Frechheit.«

Vorsichtig stellte Maria den Karton mit der Torte auf die Rücksitzbank, fast zärtlich schloss sie die Autotür, bevor sie den Zettel unter der Windschutzscheibe hervorzog.

»Das kann nicht wahr sein! Ist diese Müller-Renner jetzt zu blöd, einen Schwerdiskriminierungsparkausweis zur erkennen?«

Maria öffnete die Fahrertür, quälte sich mit dem Oberkörper über das Lenkrad und nahm die laminierte Karte vom Armaturenbrett.

Ein zweites Mal an diesem Morgen verschloss sie ihr Auto und murrte kampfeslustig: »Das werden wir ja sehen.«

Das Rathaus war nur zwei Häuser von der Konditorei entfernt. Maria stand zehn Minuten später vor dem Schreibtisch einer kindlichen Sachbearbeiterin, die genervt lächelnd fragte: »Was kann ich für Sie tun?«

Mühsam beherrscht legte Maria den Strafzettel auf die Tischplatte. Die Sachbearbeiterin machte keinerlei Anstalten, danach zu greifen, grinste die alte Dame weiterhin halbdämlich an.

Maria wurde beinahe laut: »Herrgott. Nun nehmen Sie den Wisch schon und machen Sie ihn ungültig.«

Mit spitzen Fingern fasste die Sachbearbeiterin nach dem Strafzettel, las ihn, um festzustellen: »Nun. Sie standen wohl auf einem Behindertenparkplatz. Möchten Sie bar bezahlen?«

»Nein. Ich will überhaupt nicht bezahlen!«, beharrte Maria, legte ihre Parkberechtigung auf den Schreibtisch. »Ich zahle nicht, da ich dort parken darf.«

Die Sachbearbeiterin studierte nun den Parkausweis, warf einen Blick auf den Kalender an der Wand hinter Maria und verzog das Gesicht: »Nun. Frau - ähh?«

»Winkler.«

»Nun, Frau Winkler. Ihr Parkausweis ist abgelaufen. Er gilt seit heute nicht mehr.«

»Und?«

»Sie müssen erst einen neuen Ausweis beantragen.«

»Ja dann mache ich das halt. Wo ist das Problem? Wohin muss ich?«

»Zu mir.«

»Ja. Nun. Dann machen Sie. Ich erwarte Gäste.«

»Dazu bräuchte ich Ihren Schwerbehindertenausweis. Nehmen Sie doch Platz.«

Maria ließ sich auf den Stuhl, eindeutig ein ausgemusterter Mitarbeiterstuhl, fallen.

Umständlich stellte sie ihre Handtasche auf ihren Schoß und wühlte darin. Es dauerte ein bisschen, bis sie ihn fand. Das Lächeln der Sachbearbeiterin lag wie gemeißelt in deren Gesicht. Marias Lächeln war ebenso gekünstelt. Sie reichte den Ausweis hinüber: »Bitte sehr.«

»Danke. Es dauert einen kleinen Moment.«

Die Angestellte wandte sich ihrem Bildschirm zu und hämmerte auf die Tastatur, die davor lag, ein. Nach einer gefühlten Ewigkeit hatte sie die Personendaten übertragen, verglichen und endlich summte der Drucker.

»So, Frau Winkler«, sie legte Maria zwei Ausdrucke hin, »bitte unterschreiben Sie - hier und - hier.«

Maria wollte der Angestellten den Kugelschreiber aus der Hand nehmen, doch sie zog in einer schlangengleichen Bewegung ihre Hand zurück: »Bitte nehmen Sie den Kugelschreiber neben Ihnen.«

Maria entwirrte den angeketteten Kugelschreiber und schmierte ihre Unterschrift auf die beiden Zettel. Erstaunlicherweise hatte die Sachbearbeiterin die Zeit genutzt und die Laminierfolie aus dem dritten Fach des linken der beiden rechten Schränke entnommen.

Sie faltete eines der beiden unterschriebenen Blätter messerscharf an den Markierungen, legte sie in die Laminierfolie ein. Während der Ausweis durch den Laminator gezogen wurde und die Sachbearbeiterin das Duplikat in die Ablage bugsierte, forderte sie: »Dann würde ich 5 Euro von Ihnen bekommen, Frau Winkler.«

»Für was?«

»Die Bearbeitungsgebühr für den Ausweis - natürlich.«

Maria versenkte erneut ihre Hand in ihrer Tasche. Die Sachbearbeiterin holte den Quittungsblock aus der obersten Schublade des Rollcontainers unter dem Schreibtisch. Maria öffnete ihre

Geldbörse. Die Sachbearbeiterin füllte die Quittung aus - fast - bis auf die Unterschrift. Maria wühlte im Münzfach, legte zwei 2-Euro-Stücke auf den Tisch. Die Sachbearbeiterin unterschrieb. Maria fand ein 1-Euro-Geldstück, legte es zu den anderen Münzen. Die Sachbearbeiterin drückte den Stempel ins Stempelkissen. Kopfschüttelnd schob Maria die fünf Euro über den Tisch: »Für was eigentlich? Ich werde sicher nie mehr auf einem Rollstuhlplatz parken.«

Die Sachbearbeiterin presste einen Stempel auf die Quittung: »Aber sicher. Sie können doch diese Parkplätze nutzen.«

Sie reichte Maria den Beleg und entnahm den Parkausweis dem Laminiergerät. Die Bewegung, mit der sie ihn durch die Luft fächelte, ähnelte der Handbewegung, mit der sie wenige Minuten vorher, bevor Maria das Büro betreten hatte, den pinkfarbenen Lack auf ihren Fingernägeln getrocknet hatte. Mit einem ‚Gott-sei-Dank-ist-es-gleich-vorbei-Grinsen' gab sie Maria den Parkausweis.

Maria erhob sich: »Das war es?«

Das Dingelchen grinste wie ein Neujahrsschweinchen: »Leider nicht. Der Strafzettel. Ich bekäme dann noch gerne 35 Euro von Ihnen.«

»Bitte?«

»Der Strafzettel für unberechtigtes Parken auf einem Behindertenparkplatz.«

»Aber. Aber. Sie haben mir doch eben einen neuen Parkwisch ausgestellt.«

Die Sachbearbeiterin lehnte sich zurück: »Ja, natürlich. Aber zum Zeitpunkt der Überwachung des ruhenden Verkehrs hatten Sie keinen gültigen Parkausweis. Ihr Parkausweis wurde um Mitternacht ungültig. Sie standen somit unberechtigt auf einer Stellfläche, die für Personen mit Gehbehinderung reserviert ist.«

Maria stützte sich mit der linken Hand auf dem Schreibtisch auf: »Aber jetzt habe ich einen neuen Ausweis. Ab heute. Und gestern hatte ich auch einen. Gestern Ausweis, heute Ausweis. Gestern parken ja, heute parken ja. Wo ist Ihr Problem?«

»So einfach ist das nicht, Frau Winkler.«

»Und warum nicht?«

»Zum Zeitpunkt ...«

»Jaja, Kindchen. Ich bin ein kleines bisschen zu alt für solche Späße. Jetzt zerreißen Sie den Schmarrn.«

»Ich mache keine Späße! Ich kann und darf den Strafzettel nicht vernichten.«

»Und warum nicht?«

»Ich bin nicht befugt, dies zu machen.«

»Wer ist dann - BEFUGT?«

»Ähh. Keine Ahnung. Vielleicht mein Chef?«

Maria war leicht säuerlich: »Und wer ist Ihr Chef?«

»Herr Rebenheber. Aber der ...«

Maria deutete auf die geschlossene Tür links von ihr: »Dort?«

»Ja, aber ...«

Maria erreichte die Tür mit einem schnellen, langen Schritt. Die Hüfte strafte dies zwar sofort mit einem stechenden Schmerz, das zweite Mal an diesem Morgen, sie musste aufpassen, doch Maria hielt schon mehr Schmerzen aus. Die Sachbearbeiterin sprang auf: »Warten Sie!«

Sie klopfte an die Tür, öffnete sie und streckte ihren Kopf durch den Türspalt: »Herr Rebenheber?«

Unbegeistert kam die Antwort: »Ja?«

»Da möchte Sie jemand sprechen. Wegen eines Strafzettels, glaube ich.«

Maria hatte sich derweil den Strafzettel und ihren neuen Ausweis vom Schreibtisch gekrallt und drängte sich nun an dem Mädchen vorbei.

»Herr. Herr ...«

»Rebenheber. Und Sie sind?«

»Maria Winkler. Das kann ja wohl nicht sein.«

»Was kann nicht sein, Frau Winkler? Dass Sie so einfach in mein Büro platzen? Da muss ich Ihnen recht geben.«

Die Sachbearbeiterin erklärte erstaunlich präzise ihrem Vorgesetzten: »Frau Winklers Parkberechtigung ist gestern abgelaufen. Strafzettel. Ich habe schon einen neuen Parkausweis ausgestellt. Frau Winkler will jedoch den Strafzettel nicht zahlen.«

Rebenheber schielte über den Rand seiner Brille: »Ich sehe da kein Problem. Zahlen Sie den Strafzettel und alles ist gut.«

Maria bekam einen hochroten Kopf: »Nichts ist gut. Sie. Sie. Was erlauben Sie sich denn? Sie könnten mein Sohn sein und diese Vorzimmertippse die Tochter meiner Enkelin. Sie schauen sich jetzt meinen Parkausweis an; den bisherigen und den neuen. Gestern. Heute. Und dann vernichten Sie gefälligst den Strafzettel.«

»Frau Winkler ...«

Maria knallte den Parkausweis, den Schwerbehindertenausweis - »Schauen Sie nach. Das Merkzeichen G wie gehbehindert mit Gehirn, steht dort.« - und den Strafzettel auf die Tischplatte. Sie wandte sich zu der hinter ihr stehenden Angestellten: »Los! Holen Sie schon den alten Ausweis.«

Rebenheber nickte seiner Mitarbeiterin zu, die daraufhin den abgelaufenen Parkausweis holte. Er prüfte eingehend die Dokumente, verglich die Uhrzeit des Strafzettels mit der Uhrzeit des Eintrages in die Datenbank und stellte sachlich fest: »Tut mir leid, Frau Winkler. Da kann ich nichts für Sie tun. Außerdem scheinen Sie ja ganz fit auf den Beinen zu sein. Kann es sein, dass Sie gar nicht berechtigt sind, das Merkzeichen ‚gehbehindert‘ zu tragen?«

»Jetzt werden Sie nicht unverschämt!«, regte sich Maria auf.

Sie schnappte nach Luft: »Sie, Sie haben dies wohl nicht zu beurteilen.«

Rebenheber verzog spöttisch die Mundwinkel: »Habe ich nicht. Aber ich werde wohl meine berechtigten Bedenken an die zuständige Behörde weiterleiten müssen, wenn Sie weiterhin so uneinsichtig sind.«

»Wollen Sie mich erpressen?«, entrüstete sich Maria mit tomatenrotem Kopf und versuchte mühsam ihre Atmung unter Kontrolle zu bekommen.

Rebenheber reichte die Dokumente über den Tisch: »Bewahre! Natürlich nicht. Es ist alles rechtens. Sie müssen nur den Strafzettel bezahlen. Einen schönen Tag noch.«

Schockiert schnappte sich Maria die Ausweise und den Strafzettel, verharrte einen Moment. Die Sachbearbeiterin fragte vorsichtig: »Frau Winkler? Sie können ihn bei mir bezahlen.«

Maria wurde plötzlich ruhig, zu ruhig.

Sie verfrachtete den Schwerbehindertenausweis in ihre Handtasche. Dann nahm sie den neuen Parkausweis und ließ ihn ebenfalls die Tasche gleiten. Den abgelaufenen Ausweis legte sie fast zärtlich auf den Schreibtisch des Sachgebietsleiters. Rebenheber sah nicht auf, konzentrierte sich auf das Dokument, das vor ihm lag, malte ein rotes Fragezeichen neben einen Absatz. Maria hielt den Strafzettel mit beiden Händen, platzierte ihn sorgfältig an der Tischkante, präzise vor das Schriftstück, das der Sachgebietsleiter angestrengt studierte.

Maria drehte sich um, stand nun mit dem Rücken zu dem Schreibtisch, ließ ihre Handtasche zu Boden gleiten. Freundlich lächelte sie die fragend zu ihr blickende Angestellte an.

Maria griff mit beiden Händen unter ihren Rock, zog das weiße Kleidungsstück bis in die Kniekehlen.

Die Augen der Angestellten weiteten sich.

Nun lüftete Maria ihren Rock, hob ihr zugegebenermaßen nicht sehr ansehnliches Hinterteil über die Tischplatte: »Ich scheiße auf Ihren Strafzettel!«

2

Robert zupfte einen vermeintlichen Fussel von der linken Schulter seines Anzuges, bevor er das denkmalgeschützte Gebäude betrat. Unscheinbar. Zwei Stockwerke. Nur ein Kenner würde erkennen, dass hier mit äußerster Detailfreude renoviert worden war. Hohenstelzer Private Equity. HPE, nicht mehr als diese drei Buchstaben auf dem Briefkasten im Stil eines Postkastens aus dem 19. Jahrhundert, der vor dem Gebäude stand. Kaum hatte Robert über die ausladend geschwungene Treppe die herrschaftliche Tür erreicht, summte dezent der Türöffner. Robert runzelte kurz die Stirn, dann erkannte er die Kamera. Er trat ein, schloss die Eichentür wieder.

In der Mitte der Eingangshalle, gesäumt von den Bögen der breiten Aufgangstreppen, war ein marmorner Brunnen installiert. Im Obergeschoss vereinten sich die Stiegen zu einer ovalen Galerie, in deren Auge die Wassertropfen der Fontaine wie Brillanten schimmerten. Ein leises Räuspern riss Robert aus der Betrachtung, er wandte sich dem Mann im schwarzen Anzug zu.

Dieser begrüße Robert: »Herzlich willkommen, Herr Gust.«

»Guten Tag.«

Mit einer einladenden Handbewegung wies der Bedienstete zum rechten Aufstieg: »Darf ich Sie bitten, mir zu folgen?«

Auf der Galerie angekommen bat er Robert, am Rande des Auges zu warten: »Einen Moment bitte.«

Der Bedienstete verschwand wieder in der Niederung der Eingangshalle. Vorher sah er unauffällig unübersehbar zu dem mannshohen Wandspiegel.

Robert nahm das Angebot an.

Der Spiegel schmeichelte seiner Hautfarbe, die nach fünfzehn Monaten England nicht ganz so bronzefarben schimmerte, wie es den Anschein hatte. Zufrieden betrachtete der Dreißigjährige sein Spiegelbild. Der Zweitausendeuromaßanzug betonte seine durch abendliches Krafttraining geformte Schultern. Die handgefertigten Schuhe hatte der Londoner Schuster perfekt auf den Anzug abgestimmt. Robert richtete seine Krawatte, leicht ärgerlich, dass ein Bediensteter ihn darauf hinweisen musste.

»Herr Gust?«

Robert zuckte zusammen. Der Teppich hatte jegliches Geräusch der herannahenden persönlichen Assistentin des Vorsitzenden des Vorstands vollständig eliminiert.

Unverhohlen musterte Robert die junge Frau, deren Kostüm mit Sicherheit nicht billiger als sein Anzug gewesen war und nicht minder perfekt saß. Mit einem halben Lächeln lud sie ihn ein: »Wenn Sie mir bitte folgen würden. Herr Dr. Hohenstelzer erwartet Sie.«

Robert konnte ein Grinsen nicht unterdrücken: ein Arbeitsplatz mit Aussicht.

Sie blickte sich nicht um, ihre Stimme schien in seinen Gehörgang zu schweben: »Dr. Hohenstelzer legt äußersten Wert auf professionelles Verhalten.«

Sofort verschwand das Grinsen aus Roberts Gesicht. Er betonte zwar gerne, dass er als einer der Besten die London Business School abgeschlossen hatte. Aber er wusste auch, dass er es nur dem Einfluss oder besser dem Geld seiner Familie zu verdanken hatte, dass er nicht in der Personalabteilung vorsprechen musste. Und natürlich, dass Hohenstelzer ebenfalls Absolvent der LBS war. Die Schönheit öffnete lautlos eine der perfekt in die Wand eingelassenen Türen. Wellenförmig floss der dunkle Flurteppich heller werdend in das Büro, mündete in einem strahlend weißen Oval, in dessen Mitte der Schreibtisch zu schweben schien. Ein Bildschirm, eine Tastatur, ein Telefon, mehr brauchte Dr. Franz-Josef Hohenstelzer nicht, um sein kleines Imperium zu leiten. Seine Macht lagerte im Keller und rund um den Globus.

»Herr Dr. Hohenstelzer - Ihr Gast, Robert Gust.«

Unhörbar schloss sie die Tür hinter Robert, der zügig dem Licht entgegenging, das durch die Fenster hinter dem stämmigen Mann schien, ihm einen Lichtflaum um den kahlen Schädel zauberte. Die Scheiben verdunkelten sich auf einen Tastendruck Hohenstelzers hin. High-Tec im historischen Gewand des Gebäudes.

Hohenstelzer unterdrückte den Impuls, aufzustehen. Einerseits bunkerte die Familie Gust zwar einen nicht unerheblichen Teil ihres immensen Privatvermögens bei ihm - andererseits aber war Robert Gust nur ein gewöhnlicher Hochschulabsolvent, der nach einer Anstellung gierte. Karrierebeflissen, zielstrebig, geldgierig. Nur knapp deutete Hohenstelzer an, dass er sich erheben könnte, wenn er seinen Gast dafür würdig halten würde. Er begrüßte Robert: »Sehr erfreut Herr Gust. Bitte nehmen Sie doch Platz.«

Während sich Robert setzte, schob Hohenstelzer die Akte mit der Beschriftung ,Robert Gust' wie zufällig ein Stück zur Seite. Befriedigt nahm er wahr, dass Gust seinen Blick lange genug darauf richtete, um seinen Namen lesen zu können. Solange diese Emporkömmlinge glaubten, er würde ihre Personalakten lesen, waren sie handzahm.

Robert hatte nur einen Gedanken: ,In ein paar Jahren sitze ich hinter diesem Schreibtisch.' Doch im Gespräch mimte er genau die richtige Mischung zwischen dem Stolz auf die gemeinsamen Wurzeln an der LBS und der fast unterwürfigen Erkenntnis, auf das Wohlwollen Hohenstelzers angewiesen zu sein. Die üblichen Fragen waren schnell abgehandelt, angeregt unterhielten Sie sich über die Veränderungen in London. Erneut erschien Hohenstelzers Assistentin, deutete mit den Akten in ihrem Arm den Zeitdruck an, unter dem der Vorstand natürlich litt. Bedauernd erhob sich der Mittfünfziger. Er reichte Robert die Hand und ermahnte ihn: »Denken Sie bitte daran: Unser Ruf ist alles. Sie verstehen sicher, dass wir Nachforschungen anstellen müssen, das sind wir unseren Kunden schuldig. Sollte auch nur die kleinste Verfehlung in Ihrer Vergangenheit auftauchen - so können auch andere diese aufspüren. In diesem Fall wären wir gezwungen, uns unverzüglich von Ihnen zu trennen. Guten Tag.«

Die Day-Date Blue an Roberts Handgelenk bestätigte wenige Augenblicke später, als er wieder auf der Straße stand, seine Planung: Exakt 20 Minuten hatte das Gespräch gedauert. Er angelte sein Mobiltelefon aus der Innentasche des Jacketts, rief einen ehemaligen Studienkollegen an: »Hey Frederik! - Ja, wie geplant. - Wie? Du kannst nicht? - Komm schon, wir haben uns seit einem Jahr nicht mehr gesehen.«

Ein Taxi hielt ein paar Meter von Robert entfernt. Der Mann, der ausstieg, war gut und gerne 60 Jahre alt, umklammerte den Aktenkoffer mit weiß über den Knöcheln gespannter Haut. Er ging auf den Eingang der HPE zu. Robert hob die linke Hand, während er zu Frederik sagte: »Kein Problem. Lass Dich nicht zu schlimm plagen von Deinem Zahnarzt. Ich besuche meine alte Dame und wir sehen uns die nächsten Tage. Wo bekomme ich Blumen hier in der Nähe? - Gut. Danke.«

Das Taxi verschwand mit Robert in Richtung Innenstadt. Ein paar Meter entfernt richtete sich ein Mann in Roberts Alter in seinem Wagen auf. Er hatte Robert gerade noch rechtzeitig auf dem Trottoir erkannt und war rasch in eine freie Parklücke eingeschert.

»So, so. Robert Schleimarsch war also auch beim alten Hohenstelzer vorstellig«, murmelte Frederik und richtete seinen Anzug, der dem Anzug Roberts sehr ähnlich war.

Auf Hohenstelzers Schreibtisch lag bereits die Aktenmappe *Frederik Rosener*. Sonnenlicht durchströmte den Raum.

3

»Hey, Josy«, brüllte Sabine gegen die Türglocke an, »komm raus. Ein Wunder geschieht, ein Kunde ist hier.«

Josephine Winkler, die im hinteren der beiden Räume ihres Blumenladens einen Strauß band, legte die Blumen vorsichtig auf den Arbeitstisch, trocknete ihre Hände an der Schürze ab und betrat den Verkaufsraum.

Wie erwartet, stand nur ihre Freundin vor dem Tresen. Josy begrüßte sie: »Sabine. Schätzchen. Du hast doch nicht aus Versehen mal Trinkgeld bekommen und leistest Dir jetzt eine meiner Blumen?«

Sabine umrundete die Theke und die beiden Frauen umarmten sich. Josy fragte: »Latte oder Cappuccino?«

Sabine setzte sich auf den mindestens 100 Jahre alten Hocker neben der Kasse: »Latte am Morgen vertreibt Kummer und Sorgen.«

Der Kaffeeautomat mahlte brummend die Bohnen, Josy nahm den Milchbehälter aus dem Kühlschrank, steckte den Schlauch zur Maschine an. Sie stellte den Glasbecher unter den Auslauf und goss sich selbst ein Glas Orangensaft ein.

»Du hast wohl keine Lust mehr auf eine Morgenlatte?«, wollte Sabine wissen.

»Rausgeworfen. Gestern.«

»Wurde ja Zeit. Der Arsch hat Dich lange genug ausgenutzt, aber Du warst ja so verschossen. Josy, die immer an das Gute in ...«

Josy unterbrach ihre Freundin, während sie in der Schublade unter Kasse wühlte: »Lass gut sein. Es ist vorbei. Ich habe es verstanden und konzentriere mich auf meinen Laden hier, anstelle mir mein sauer verdientes Erspartes durch einen Bankenfuzzi abnehmen zu lassen. Hier war doch einer?«

Sabine nahm sich selbst die Latte macchiato vom Kaffeeautomaten und hakte nach: »Hast Du noch Schulden?«

Josy schüttelte ihre langen Haare, hielt triumphierend das Haargummi hoch: »Gott sei Dank nicht. Allerdings musste ich die Lebensversicherung, die Papa für mich angelegt hatte, auch noch auflösen. Keine Schulden, aber auch nix mehr in der Hinterhand.«

»Echt keine Rücklagen mehr?«

Josy bändigte ihre kastanienbraunen Haare zu einem Pferdeschwanz: »Ein bisschen Geld ist noch da. Aber wenn die Kundschaft weiterhin aus Latte trinkenden besten Freundinnen besteht, werde ich den Laden wohl aufgeben müssen.«

»Und dann?«

»Regale auffüllen? Klo putzen?«

Sabine trank ihr Glas leer: »Irgendwelche Sozialleistungen wirst Du doch bekommen oder etwa nicht?«

Josy lachte, tippte sich mit dem Zeigefinger an die Stirn: »Nee, Du, soweit, dass ich in die Hartz-4-Scheiße abrutsche, wird es nicht kommen. Zum Glück habe ich wenigstens noch die Möglichkeit in Omas Haus zu ziehen und mietfrei zu wohnen.«

»Stimmt, die ziehen ja um. Griechenland oder?«

»Hmm. Kreta. Aber das Haus wollen sie noch nicht verkaufen - hoffe ich.«

Sabine griff nach ihrer Handtasche: »Ich muss los. Ich drücke Dir die Daumen, dass die Kunden Dir den Laden einrennen.«

In dem Moment, in dem Sabine den Laden verließ, kam ein gut gekleideter Mann herein. Sabine musterte ihn unverhohlen, doch er beachtete sie nicht.

»Guten Tag. Was kann ich für Sie tun?«, lächelte Josy den Hoffentlichkunden an.

Robert sah ihr einen Moment in die Augen, dann erkannte er sie: »Josy? Natürlich! Josephine Winkler!«

Josy zog die linke Augenbraue hoch: »Kennen wir uns?«

»Robert. Robert Gust.«

Nun dämmerte es auch Josy: »Aus dem LK Kunst?«

»Genau der. Was für eine Überraschung. Du arbeitest hier? Wolltest Du nicht an die Kunsthochschule?«

Josy presste die Lippen aufeinander: »Manchmal kommt es anders als geplant. Egal. Der Laden hier gehört mir.«

Robert drehte sich um die eigene Achse: »Wow. Ein eigenes Geschäft. Wie viele Angestellte beschäftigst Du?«

»Keine. Möchtest Du Blumen kaufen oder hast Du nichts zu tun?«

»Entschuldige. Natürlich möchte ich Blumen kaufen.« Er deutete auf ein fertiges Bouquet: »Dieses hier bitte.«

Josy zog den Strauß noch nicht aus der Vase, sondern sagte: »Ich möchte Dir ja nicht zu nahe treten, aber dieser Strauß ist nicht für ein Date geeignet. Außer, die Dame Deines Herzens geht auf die sechzig zu.«

Robert grinste: »Immer noch die gleiche Sensible. Zu Deiner Beruhigung: Die Blumen sind für meine Tante - und sie geht tatsächlich auf die sechzig zu.«

Josys Wangen färbten sich rot: »Entschuldige bitte.«

Sie griff den Blumenstrauß und wollte wissen, ob er ihn in Papier oder Folie eingeschlagen haben möchte.

»In Folie bitte. Die alte Dame legt Wert darauf, zu sehen, was sie bekommt. Mit dem Date wird es wohl noch eine Weile dauern. Ich bin erst seit zwei Tagen wieder in Deutschland.«

Josy widmete sich dem Blumenstrauß, beseitigte zwei welke Blütenblätter: »Oh, wo warst Du denn?«

»Ich lebte ein Jahr in London.«

»Und?«

»Ein bisschen Fortbildung.«

Josys Tonfall veränderte sich: »Bankenscheiße?«

Sie biss sich auf die Lippen, nicht jeder war wie Horst, oder?

Robert war es in Fleisch und Blut übergangen, sofort auf Widerstände zu reagieren: »Natürlich hatte ich mit Banken zu tun, aber der Kunstmarkt in England ist einfach überwältigend. Wann machst Du denn Feierabend?«

»Um sechs, warum?«

»Wie wäre es mit einem gemeinsamen Abendessen?«

Josy schielte zu ihm: »Weshalb?«

»Um über alte Zeiten zu plaudern, zum Beispiel.«

Etwas zu energisch riss Josy die Folie von der Rolle und presste heraus: »Wüsste nicht, was wir zu plaudern hätten. Ich gehörte nicht zu Deinen Bewunderinnen.«

»Ach komm schon. Wir hatten tolle Feten.«

Josy legte den Strauß auf die Theke: »Wie die Drogenparty bei Dir? So weit ich weiß, war ich der einzige Gast, der kein Gras rauchte. 27 Euro und 80 Cent, bitte.«

Robert zog seine Krokodillederbrieftasche hervor: »Echt? Was hast Du dann gemacht? Ich kann mich gar nicht mehr erinnern, dachte, wir waren alle stoned.«

Josy tippte den Betrag in die Kasse ein. Mit einem grässlichen Rrrrring öffnete sich die Schublade. Josy stellte klar: »Ich habe niemals Drogen genommen und hatte zudem den Fotoapparat meines Vaters dabei. Er hätte mich umgebracht, wenn in dem Teil auch nur ein Kratzer gewesen wäre.«

Robert zog einen 50-Euro-Schein aus der Börse, reichte ihn Josy: »Mach 30. Foto? Du hast Fotos gemacht?«

Josy entnahm der Kasse zwei 10-Euro-Scheine, gab sie Robert und lachte: »Wart ihr echt so zugedröhnt? Natürlich machte ich Fotos. Ich müsste sie sogar noch haben. Lass mich nachdenken - Du, Frederik und Sebastian.«

Gespannt sah Josy zu Dr. Sauter, der nach dem Auflegen bedauerte: »Frau Winkler schläft noch. Wir mussten ihr etwas zum Beruhigen geben.«

»Sie haben sie eingeschläfert?«

Dr. Sauter gab sich keine Mühe, den spöttischen Tonfall zu unterdrücken: »So schlimm sind wir nun auch wieder nicht, dass wir unsere renitenten Patienten einschläfern. Ihrer Großmutter wurde nur ein Beruhigungsmittel verabreicht. Manchmal folgt daraus ein mehrstündiger Schlaf. Aber machen Sie sich keine Sorgen. Sie wird ständig medizinisch überwacht.«

Er geleitete Josy zur Tür: »Lassen Sie sich an der Anmeldung die Besuchszeiten geben. Ich denke, ab kommender Woche sollte es möglich sein, dass Sie Ihre Großmutter für ein paar Minuten besuchen können. Rufen Sie aber auf jeden Fall vorher hier an.«

Josy nahm alles wie durch Watte wahr, während sie zur Pforte wankte. Wortlos stand sie vor der Glasscheibe, bis die Frau dahinter sie anplärrte: »Was?«

»Ich soll hier wegen der Besuchszeiten nachfragen.«

Die Pförtnerin schob einen DIN A5 großen Zettel durch den Spalt unter der Glasscheibe hindurch. Eine schlechte tausendste Kopie der hundertsten Kopie.

»Vorher anrufen. Nicht vor neun Uhr, nicht nach zehn Uhr. Der Nächste.«

Josy wurde zur Seite gedrängt, stopfte den Informationszettel in ihre Hosentasche und sah sich in der Eingangshalle um. Links hinten standen ein paar abgenutzte Sessel, daneben Automaten mit alkoholfreien Getränken, Würgereiz erregenden Kaffeeersatzprodukten und Schokoriegeln.

»Besser als nichts«, murmelte Josy und ging auf die Automaten zu. Kurz darauf hatte sie sich in einen der Sessel fallen lassen, schlürfte das verpfuschte heiße Wasser.

Josy murmelte: »Und das nennen sie Milchkaffee.«

Langsam ordneten sich ihre Gedanken. Oma Maria musste schleunigst hier raus. Während sie grübelnd mit geschlossenen Augen nach einem Weg suchte, Maria freizubekommen, kamen zwei Pflegerinnen auf die Sitzgruppe zu.

»Endlich Pause«, stöhnte die Rothaarige und ließ sich auf den Zweisitzer am Fenster fallen. Ihre blonde Kollegin wollte wissen, ob sie ihr auch einen Schokoriegel aus dem Automaten lassen solle.

»Nee, Süße. Nur einen Kaffee.«

»Ist doch immer das Gleiche in diesem Laden, oder?«, wollte die Rothaarige von der Blonden wissen, nachdem diese sich neben sie gesetzt hatte.

»Du meinst wegen des Irren auf der Fünf?«

»Hmm«, murmelte die Rote mit vollem Mund.

»Süß ist er ja.«

 »Und Geld hat er wie Heu.«

»Wie kommst Du jetzt da drauf?«

Die Rothaarige meckerte wie eine Ziege, bevor sie aufklärte: »Ich habe mitbekommen, wie der Alte von dem Süßen heute beim Chef war.«

»Und?«

Die Rothaarige sah zu Josy, die ihre Augen geschlossen hatte, und fragte leise: »Was ist mit der?«

»Die? Die schläft doch«, meinte die Blonde und sagte etwas lauter: »Hallo Sie?«

Josy stellte sich jedoch weiterhin schlafend, worauf die Rothaarige ihrer Kollegin berichtete: »Der Irre kommt morgen raus.«

»Morgen? Wie das denn? Er kam doch erst gestern rein, nachdem er eine Kreuzung lahmgelegt hatte mit seiner *Performance*.«

Erneut hörte Josy das meckernde Lachen, gefolgt von den Worten: »Performance ist gut. In New York hätten sie ihn dafür erschossen. Wie er herauskommt? Es gibt immer einen Weg.«

Josy wurde hellhörig. Zeichnete sich da etwa eine Lösung ab?

»Nun sag schon«, drängte Blondchen.

Die rothaarige Pflegerin rieb Daumen und Zeigefinger ihrer rechten Hand aneinander: »Kohle, meine Liebe. Kohle. Wenn Papa ein Industrieboss mit guten Kontakten ist und Schotter ohne Ende hat, geht alles.«

»Wie viel?«

»Keine Ahnung. Ich bekam nur so viel mit, dass sich unser Boss überschwänglich für die großzügige Spende für seine Forschungsabteilung bedankte. Papa vom Irren meinte dann noch, dass er die Klinik und deren professionellen Umgang mit kranken Menschen an geeigneter Stelle lobend erwähnen würde.«

Die Blonde ließ nicht locker: »Ich glaube Dir nicht, dass Du nicht weißt, um wie viel Geld es ging. Wenn Du horchst, dann horchst Du richtig.«

Die Rothaarige beugte sich zu ihrer Kollegin und flüsterte: »Fünfhunderttausend.«

Josy konnte zwar nichts hören, aber sie hatte die Augen einen Spalt weit geöffnet. Die von ihr an den Lippen abgelesene Zahl wurde postwendend von der Blondine bestätigt: »Eine halbe Million?«

»Psst«, bremste die Rothaarige, »muss doch nicht jeder hier wissen. Wir müssen los.«

Die Blonde rührte sich nicht, sondern maulte: »Nö. Wir haben noch zehn Minuten.«

Die Rothaarige packte sie am Arm, zog sie hoch: »Ich will aber noch eine rauchen und wir dürfen ja nicht vor dem Haupteingang. Komm.«

Nachdem die beiden Frauen um die Ecke in einem der Gänge verschwunden waren, öffnete Josy ihre Augen.

Geld regelt alles, dachte sie. Scheiße, eine halbe Million Euro kann ich wohl kaum aufbringen.

Sie blieb noch eine Weile sitzen, beobachtete die Menschen, die kamen und gingen. Ein Rettungswagen hielt. Die Sanitäter fuhren einen auf der Liege tobenden Mann herein.

»Oma muss raus. Egal wie«, sagte Josy zu sich selbst und verließ die Klinik. Sie musste jetzt eine Runde Motorrad fahren, um den Kopf freizubekommen.

»Die ist echt gut, diese Lasagne«, gab Josy zu.

Robert hatte Josy pünktlich um zwanzig Uhr abgeholt. Die Schminke überdeckte deren rot geweinte Augen nur mühsam. Sie wollte zuerst nichts essen, aber als ihr Magen vor Hunger knurrte, widersetzte sie sich seinem Drängen nicht mehr.

»Übrigens danke, dass Du mich doch noch aus Deinem Laden erlöst hast«, bemerkte Robert spöttisch.

Josys schlechte Gewissen ließ sie ihre Hand auf Roberts Unterarm legen: »Sorry. Tut mir echt leid.«

»Ist schon in Ordnung. Vergessen wir es. War echt eine tolle Zeit in England.«

Josy brauchte eine Sekunde, um umzuschalten, sah an Robert vorbei, während sie das Weinglas drehte: »Glaube ich Dir. Ist echt nicht schön.«

»Doch, es war eine tolle Zeit. Ich konnte gute Kontakte knüpfen«, lachte Robert, »man weiß ja nie.«

»Geld und Kontakte.«

»Genau. Die Kontakte habe ich und jetzt fange ich an, richtig viel Geld zu verdienen.«

»Richtig viel Geld braucht man scheinbar. Scheiße.«

»Ja, das wird echt toll. Wenn alles so läuft, wie ich es plane - und so ist es immer - sacke ich in einem Jahr richtig ein. Ich brauch nur noch von Dir ...«

Josy unterbrach ihn, ohne es zu bemerken: »Die sacken sie einfach ein und ich kann nichts machen.«

»Stimmt nicht. Man kann immer was machen. Wovon redest Du überhaupt. Josy?«

Josy zuckte zusammen: »Bitte? Entschuldige.«

»Was ist los mit Dir, Josy? Du hörst mir überhaupt nicht zu. Was ist passiert?«

»Das willst Du doch gar nicht wissen. Du bist doch nur auf Deine Karriere versessen.«

»Erzähl'.«

Josy berichtete von Omas Ausraster, der Psychiatrie und dem Gespräch der Pflegerinnen.

»Und was hast Du jetzt vor?«

»Keine Ahnung. Eine halbe Million Euro. Drecksgesellschaft. Mit Geld geht alles. Opa sitzt auf Kreta, wartet auf Oma, die gefangen gehalten wird. Was ich jetzt vorhabe? Vielleicht klaue ich Oma.«

»Ähh. Das halte ich für keine gute Idee. Wenn die Dich erwischen, dann sitzt Du ebenfalls.«

Josy kippte den Rest des Rotweins in einem Zug hinunter: »Egal. Ich muss es versuchen.«

»Oder -«, begann Robert.

»Oder was?«

»Oder ich gebe Dir das Geld und Du kaufst Deine Großmutter frei. Wie dieser Reiche seinen irren Sohn.«

»Du spinnst doch. Woher willst Du so viel Geld nehmen?«

»Ich heiße Gust, vergessen?«

Josy griff nach der Weinflasche, goss sich ein, nahm einen großen Schluck: »Vergiss es, Robert. Ich könnte Dir das niemals zurückzahlen.«

Robert griff mit beiden Händen nach Josys freier Hand, hielt sie fest genug, damit Josy sie nicht wegziehen konnte. Er sah ihr in die Augen: »Josy. Es gibt etwas, das ich von Dir möchte und das mir diese Summe wert ist.«

Klirrend zerschellte das Glas auf den Fliesen des Restaurants. Josy sprang auf, entriss ihre Hand Robert. Die Weinflasche kippte, der Rotwein breitete sich auf der Tischdecke aus.

Die anderen Gäste sahen zu ihnen, stellten ihre Gespräche ein.

Josy schnappte nach Luft, bevor sie zischte: »Wir spielen hier nicht Pretty Woman, Arschloch. Geh zu einer Nutte, die macht es Dir billiger.«

Josy stürmte aus dem Lokal. Robert schlug beide Hände über das Gesicht und murmelte: »Scheiße, scheiße, scheiße!«

Der Kellner räusperte sich: »Sie möchten zahlen?«

Robert stand auf, zog einen Einhunderteuroschein aus der Tasche und legte ihn auf den Tisch. Er musste sich beeilen, um Josy noch zu erreichen. Im Vorbeigehen griff er Josys und seine Jacke von der Garderobe. Er zog seine Jacke an, während er das Lokal verließ. Gerade noch rechtzeitig erkannte er, dass Josy in die nächste Querstraße einbog.

»Josy!«, schrie Robert, »Warte!«

Josy lief schneller.

Robert rannte, kurz darauf hatte er sie erreicht, stoppte sie, indem er sich ihr in den Weg stellte, hielt ihr ihre Jacke hin: »Du hast Deine Jacke vergessen.«

Josy grapschte danach, lief an ihm vorbei: »Danke.«

Robert hielt Schritt mit ihr: »Hör mich bitte an.«

»Hau ab! Oder soll ich um Hilfe schreien. Glaubst Du, Du kannst mich für Geld in Dein Bett kriegen?«

»Verdammt. Ich will nicht mit Dir schlafen.«

»Ach? Ich bin Dir wohl zu hässlich und zu arm, was?«

»Nein, Du bist nicht hässlich, warst es noch nie. Ich würde natürlich gerne ...«

Josy unterbrach ihn: »Also doch. Unfähig für was Normales. Und ich Huhn hatte einen Moment lang gehofft, Du hättest Dich geändert.«

»Josy, es reicht! Darf ich Dir kurz meinen wirklichen Vorschlag unterbreiten?«

Josy stapfte mit verschränkten Armen schweigend weiter. Robert blieb neben ihr. Er interpretierte ihr Schweigen als Zustimmung und sagte: »Was ich von Dir will, ist dieses Bild.«

»Welches Bild? Ich habe kein Bild von Dir und Kunstschätze erst recht nicht.«

Gut, dachte Robert, sie redet wenigstens mit mir. Laut sagte er: »Du hast doch heute im Blumenladen erzählt, Du hättest noch ein Bild von dieser dummen Jointparty.«

»Und?«

»Hast Du es nun oder nicht?«

»Ich glaube schon.«

»Bitte gib es mir.«

»Und das Foto ist Dir eine halbe Million wert? Wo ist der Haken?«

»Da ist kein Haken. Ich möchte dieses Bild und Du willst Deine Großmutter so schnell wie möglich aus der Psychiatrie holen.«

»Ich glaube Dir kein Wort. Niemand zahlt eine halbe Million für ein altes Bild aus Schulzeiten.«

»Josy. Ich kann Dir nicht sagen, warum ich das Bild brauche. Aber es ist so.«

»Warum?«

Robert atmete laut aus, holte tief Luft: »Weil - dieses - Bild - meine - Karriere - ruinieren - kann.«

Josy lachte auf: »Also doch. Immer noch nur die Karriere im Auge. Sonst nichts.«

»Das kann Dir doch egal sein. Sollte jemand, den Du nicht kennst jemals dieses Bild in die Hände bekommen, kann ich als Tellerwäscher arbeiten oder als Blumenhändler.«

»Hast Du etwas gegen Blumenhändler?«

»Herrgott, nein! Das war doch nur ein Beispiel. Willst Du Deine Großmutter befreien oder nicht?«

»Und Du willst wirklich nur dieses Bild?«

»Nur dieses Bild, sonst nichts. Danach siehst Du mich nie wieder.«

Sie hatten das Haus erreicht, in dem Josy wohnte, blieben vor der Tür stehen. Josy blickte wieder an Robert vorbei, presste die Lippen zusammen und unterdrückte das aufkommende Schluchzen, bevor sie zustimmte: »Okay. Das Bild gegen meine Oma.«

»Gib mir das Bild und ich gebe Dir morgen eine halbe Million Euro, um sie dieser Bestechungsklinik zu spenden.«

Josy hatte sich wieder im Griff: »Wir machen es auf meine Art.«

Robert legte die Fingerspitzen seiner Zeigefinger an die Schläfen, ließ sie mit leichtem Druck kreisen: »Und die wäre?«

»Hole mich morgen früh um zehn Uhr im Laden ab und bring das Geld mit. Und ein Flugticket nach Kreta. Sie muss so schnell wie möglich raus aus Deutschland. Dann holen wir Großmutter. Sobald sie im Flugzeug sitzt, bekommst Du das Bild.«

»Das heißt, ich muss Dir vertrauen.«

»Willst Du das Bild? Übrigens heißt dieser *jemand,* den ich nicht kenne, Hohenstelzer.«

Robert starrte sie an: »Woher?«

»Das wiederum behalte ich für mich. Sagen wir so, ein alter gemeinsamer Bekannter rief mich heute an. Holen wir Oma aus der Hölle, dann vernichte ich Deine Vergangenheit.«

Während sie im Treppenhaus gegen die Wand lehnte und weinte, dachte Josy: und meine Träume.

Robert stand alleine auf der Straße. Hohenstelzer arbeitete schneller als gedacht. Der Anrufer kann nur Fabian gewesen sein, dieser Drecksack. Späte Rache. Jetzt war es noch wichtiger, dass er das Bild in seine Hände bekam. So schnell wie möglich. Er musste an das Geld herankommen, ohne dass sein Vater etwas davon mitbekam. Er führte das erste von zehn Telefonaten in dieser Nacht. England, Amerika, Australien.

Trotz Müdigkeit achtete Robert darauf, die Gepflogenheiten des Small Talk einzuhalten.

Die Sonne ging auf, bis alles getan war. In zwei bis drei Stunden würde ihm ein Bote den Aktenkoffer bringen.

Noch ein Anruf bei seinem Bruder, der ihm seinen Wagen lieh.

Erschöpft stand Robert unter der Dusche.

6

Josy öffnete auf das erste Klingeln. Der Tag war lang gewesen. Robert hatte sie schon um acht Uhr morgens angerufen. Kurz vorher hatte er mit der Klinik telefoniert und einen Termin für 19.00 Uhr bekommen. Pünktlich um 18.00 Uhr stand Robert im eleganten Geschäftsanzug im Flur vor ihrer Wohnungstür, musterte sie, als sie die Tür öffnete.

Er schüttelte den Kopf: »Nein.«

»Was nein? Sind es meine Haare? Ich stand fast eine Stunde im Bad, um diese Frisur hinzubekommen.«

»Nicht die Haare. Das Kleid. Wir gehen doch nicht auf den Abschlussball des Tanzkurses.«

»Das ist mein bestes Kleid. Du hast selbst gesagt, ich soll mir etwas Schickes anziehen.«

»Darf ich reinkommen?«

Widerwillig machte Josy Platz.

»Hast Du nichts Geschäftsmäßiges zum Anziehen? Wir müssen seriös herüberkommen, nicht aufgetakelt.«

Josy widersprach trotzig: »Ist das nicht seriös genug?«

»Für einen Ball schon, aber eben nicht für eine Spende an die Klinik mit dem Ziel, Deine Großmutter freizubekommen. Wir müssen denen glaubhaft machen, dass wir dafür Sorge tragen, dass Maria Winkler nie mehr irgendjemanden belästigen wird.«

Josy huschte ein Lächeln über die Lippen: »Du hast Dir ihren Namen gemerkt?«

»Ich glaube, Du schätzt mich falsch ein. Also, was bietet Dein Kleiderschrank noch?«

Josy ging ins Schlafzimmer, Robert folgte ihr, wurde jedoch durch die zugeschlagene Tür ausgebremst, bevor er den Raum betreten konnte.

»Du musst mich reinlassen.«

»Nein!«

»Wie soll ich dann beurteilen, was Du zum Anziehen hast?«

»Ich beschreibe es Dir.«

Robert sah den Spiegel zu seiner linken Seite an der Wand, kontrollierte sofort sein Outfit. Er musste das endlich mit der Krawatte in den Griff bekommen. Immer saß der Knoten eine Nuance zu weit links.

Josys Stimme klang gedämpft: »Roter Rock, weiße Bluse.«

Robert schloss die Augen, um sich Josy in diesen Kleidern vorzustellen. Er fragte: »Ist es ein Kostüm?«

»Nein.«

»Dann nicht.«

»Schwarze Jeans, weiße Bluse, hellgraues Jackett.«

»Niemals Jeans, aber schwarz ist gut.«

»Dann habe ich nur noch einen anthrazitfarbenen Hosenanzug.«

»Passende Schuhe und Bluse dazu?«

»Ja. Sogar eine passende Brille.«

»Dann zieh das an. Du trägst Brille?«

Kurz darauf kam Josy aus dem Schlafzimmer: »Tataa.«

Robert starrte sie an: »Wow. Du solltest immer Brille tragen, Josephine.«

Sie lachte: »Seit wann Josephine?«

Robert griff in seine Jacketttasche: »Wie eine Josy siehst Du jetzt nicht mehr aus. Hier habe ich noch etwas. Deine rechte Hand bitte.«

Irritiert streckte im Josy die Hand hin. Robert schob den Ring über den Ringfinger.

Josy errötete: »Das ist jetzt aber kein Antrag.«

Robert steckte sich selbst das Gegenstück des Eherings an den Finger: »Wir wollen doch echt aussehen, oder?«

Josy drehte den Ring: »Er sitzt etwas locker.«

»Dann pass auf, dass Du ihn nicht verlierst. Die sind beide nur geliehen. Und jetzt los. Deine Großmutter wartet.«

»Und Du willst das Bild.«

Robert blickte sie nicht an, als er sagte: »Genau. Bringen wir das Geschäft hinter uns.«

Auf der Fahrt zur Klinik versuchte Robert sie vorzubereiten: »Wir müssen den Eindruck erwecken, dass es uns vornehmlich um die Forschungsabteilung der Klinik geht.«

»Warum?«

Robert verdrehte die Augen: »Du hast wirklich keine Ahnung von Geschäften, oder?«

»Doch!«, widersprach Josy, »ich führe schließlich einen Blumenladen.«

»Ja. Okay. Hör also zu: Ich habe uns als Herr und Frau Gust angemeldet und mich gut vorbereitet.«

»Spinnst Du? Ich bin nicht Deine Frau. Die glauben uns das nie.«

»Das werden sie aber. Der Laden braucht dringend Geld, sonst geht die Forschungsabteilung den Bach hinunter. Dr. Sauter ...«

»Mit dem habe ich gesprochen.«

»Shit. Was hast Du angehabt?«

»Ich kam direkt aus dem Laden, das weißt Du doch. Jeans, Bluse, Motorradstiefel.«

»Ungeschminkt, mit offenem Haar«, ergänzte Robert.

»Genau.«

»Sagtest Du ihm Deinen Vornamen?«

»Natürlich.«

»Vielleicht haben wir ja Glück und er erkennt Dich nicht wieder. Sollte er fragen, behauptest Du, dass Deine Zwillingsschwester

Josephine dort gewesen wäre und wieder einmal überreagiert hätte. Im Übrigen überlässt Du das Reden mir.«

»Und was wirst Du sagen?«

»Ich werde ihm die Spende überreichen und ihn dann bitten, Frau Winkler, die Großmutter meiner Frau Sarah Winkler, also Dir, zu überlassen. Wir würden sie sofort in ein Sanatorium in der Nähe unseres Wohnsitzes in Frankreich bringen. Allerdings müssten wir wegen anstehender Geschäfte sofort aufbrechen.«

»Ist das nicht zu dick aufgetragen?«

»Nur etwas. Meine Familie besitzt tatsächlich ein Ferienhaus in Südfrankreich. Sauter kennt meine Eltern. Sie sind zwar nicht gerade Freunde, aber das macht nichts.«

»Aber Oma wird mich erkennen.«

»Das soll sie ja auch. Nur dann gibt er sie uns.«

Josy zweifelte immer noch: »Oma wird mich Josephine nennen und nicht Sarah.«

»Auch dies habe ich bereits berücksichtigt. Ich werde Dich an einem bestimmten Punkt darum bitten, mich mit Herrn Dr. Sauter für einen Moment alleine zu lassen. Dann erzähle ich ihm, dass ihr beide, also Sarah und Susanne, die sich ihm als Josephine vorgestellt hatte, eine dritte Schwester hattet: die echte Josephine.«

»Moment. Also ich, Josy, heiße Sarah. Die, die bereits hier war, heißt Susanne. Meine Rockerschwester nennt sich aber nun Josephine?«

»Nun, Deine Rockerschwester, wie Du sie nennst, heißt eigentlich tatsächlich Susanne, aber ...«

»Aber?«

»Aber seit dem Bootsunfall vor zehn Jahren, bei dem die echte Josephine ums Leben gekommen ist, nennt Großmutter Maria Euch beide nur noch Josephine. Und zwar schon solange, dass Deine Schwester dazu übergegangen ist, sich selbst ebenfalls

Josephine zu nennen. Für Dich allerdings ist es zu schmerzlich, dass Großmutter Maria Dich mit Deiner toten Schwester Namen anspricht. Übrigens wäre der Unfalltod Josephines auch der Grund, warum Maria manchmal austickt - insbesondere an deren Todestag, der schrecklicherweise derselbe Tag ist, wie Marias Geburtstag.«

»Buhh«, stöhnte Josy, »das ist doch voll kompliziert. So unglaubwürdig und außerdem mag ich es nicht, dass ich bei einem Unfall gestorben bin.«

»Sorry, aber je komplizierter und unwahrscheinlicher, umso besser.«

»Verstehe ich nicht.«

»Schau, könntest Du Dir vorstellen, dass sich jemand so eine Story ausdenkt? Jemand, der Dir gerade eine halbe Million Euro geben will?«

Josy schwieg.

»Siehst Du, meine geliebte Ehefrau«, sagte Robert und parkte den Porsche seines Bruders auf dem Klinikparkplatz.

Josy griff nach dem Türöffner. Gerade noch rechtzeitig stoppte Robert sie: »Nicht! Sie beobachten uns sicher schon.«

»Warum nicht?«

»Josy, hast Du alles vergessen, was sie Dir mal beibrachten.«

Robert brachte sogar ein Lächeln zustande: »Warte einen Moment.«

Er griff nach dem Aktenkoffer und stieg aus, öffnete Josy die Tür und half ihr galant beim Entsteigen.

Josy runzelte die Stirn: »Heißt es nicht, dass entweder die Frau oder das Auto neu sei, wenn ein Mann der Frau die Autotür öffnet?«

»Nicht überall.«

Robert hatte nicht unrecht mit seiner Vermutung: Dr. Helmut Sauter stand am Fenster seines Büros und beobachte das Paar, das auf seine Klinik zuschritt. Der Anruf heute Vormittag war äußerst mysteriös gewesen. Ausgerechnet ein Mitglied der Familie Gust würde mit einer großzügigen Spende aufwarten.

»Gust«, murmelte Sauter, »ausgerechnet Gust. Entweder will er mich aufs Kreuz legen oder der alte Gust weiß nichts davon.«

Seine Sekretärin umschlang ihn von hinten, drückte ihm einen Kuss in den Nacken: »Ist doch egal, woher das Geld kommt.«

»Der alte Gust würde eher verrecken, als uns auch nur einen Cent zu geben.«

Er löste sich aus der Umarmung, gab ihr einen Klaps auf den Hintern: »Und nun schön die graue Vorzimmermaus spielen.«

Kurz bevor sie im Vorzimmer verschwand, rief er ihr nach: »Nimm den Kaffee aus der Thermoskanne, nicht aus der Maschine, falls sie Kaffee nehmen. Ich ließ vorhin die Kanne mit der Automatenbrühe von unten auffüllen. Für einen Gust sind die Bohnen zu schade.«

Sauter lächelte sein schönstes Autoverkäuferlächeln, als er seine Besucher begrüßte: »Herzlich willkommen, Herr Gust. Gnä' Frau. Bitte nehmen Sie doch Platz.«

»Darf ich Ihnen ein Glas Sekt oder eine Tasse Kaffee anbieten?«, wollte Sauter wissen. Robert antwortete für sie beide: »Kaffee bitte. Vielen Dank.«

Sauter nickte seiner Sekretärin zu, die daraufhin im Nebenzimmer verschwand.

»Nun, Herr Gust, was verschafft mir die Ehre Ihres Besuches?«

»Ihrer Klinik und insbesondere der Forschungsabteilung eilt ein hervorragender Ruf voran.«

Sauter hielt sich bedeckt: »Nun, wenn Sie das sagen. Wir versuchen hier nur, den Patienten zu helfen.«

Josephine spielte mit dem Ehering, nur mühsam konnte sie sich beherrschen, versuchte teilnahmslos zu blicken.

Robert fragte: »Der Kapitalbedarf dürfte nicht unerheblich sein?«

Die Sekretärin kam mit einem Tablett herein, verteilte die Tassen auf dem Besprechungstisch, stellte das Milchkännchen und die Zuckerdose in die Mitte, daneben die Schale mit leichtem Gebäck. Sauter dachte nach: Was führte dieser Gust im Schilde? Er sah seine Sekretärin nicht an: »Vielen Dank Frau Huber. Sie können gehen. Bitte bedienen Sie sich. Frau Gust?«

Josy zögerte eine Sekunde, bevor sie reagierte: »Vielen Dank, Herr Dr. Sauter. Nur Milch.«

Sauter wechselte das Thema: »Wie lange sind Sie denn schon vermählt, Herr Gust?«

Robert kam kurz ins Schwitzen, tat so, als würde er aus seiner Tasse trinken. Seiner Stimme war nichts anzumerken, als er dann angab, sie wären drei Jahre verheiratet.

»So, so. Ein junges Paar noch.«

Die Sekretärin schloss die Tür zu Sauters Büro. Sauter kam wieder auf das Thema zurück: »Um Ihre Frage zu beantworten, Herr Gust: Ja, natürlich lassen sich Forschungsergebnisse heutzutage nicht mit Peanuts gewinnen.«

Er lachte selbst über seinen Witz. Robert stimmte kurz ein, Josy schob den Ring auf ihrem Finger zurück, griff nach der Kaffeetasse. Sie nahm einen Schluck, verzog das Gesicht.

Robert bekam davon jedoch nichts mit, denn er beugte sich konzentriert fixiert auf Sauters Augen zu diesem hin: »Man munkelt, Ihre Forschungsabteilung stünde auf der Kippe?«

Sauters Kopf näherte sich Robert: »Und mir wurde geflüstert, Sie hätten ein Rezept dagegen, obwohl eine Ihrer Firmen nicht ganz unschuldig daran ist?«

Robert lehnte sich zurück: »Nun, wenn dem so sein sollte, dann war es eine meines Vaters Firmen. Ich gestehe allerdings, dass mir davon nichts bekannt ist.«

Sauter deutete ein Lächeln an: »Und das Rezept?«

Sie waren auf dem richtigen Weg, deshalb antwortete Robert - wobei er seine Hand wie zufällig auf den Aktenkoffer legte, der neben ihm auf dem Boden stand: »Etwas Besseres als ein Rezept: die Medizin. Eine halbe Million. In bar.«

Sauter zog die Augenbrauen hoch: »Eine wirksame Medizin. Allerdings bezweifle ich, dass ich Ihnen einen entsprechenden Gegenwert bieten kann.«

Robert erhob sich, den Aktenkoffer in der Hand: »Ich bitte Sie. Eine Spende ist eine Spende.«

Sauter und Josy waren ebenfalls aufgestanden. Robert legte den Aktenkoffer auf den Konferenztisch, öffnete ihn und ließ Sauter einen Blick auf die Geldscheine werfen. Nachdem er den Koffer wieder geschlossen hatte, griff er fest nach Josys Hand, die verzweifelt mit Blicken auf ihn einschlug. Robert ignorierte sie, machte einen Schritt auf die Tür zu, verharrte dann: »Obwohl. Eine Sache wäre da.«

Jetzt also, dachte Sauter, jetzt lässt er die Katze aus dem Sack. Hätte mich auch gewundert, wenn ein Gust ein Geschenk machen würde.

Er lächelte Robert aufmunternd an: »Nun? Die wäre?«

»Sehen Sie, Herr Dr. Sauter. Meine Gemahlin, Frau Sarah Gust.«

»Ja?«

»Nun. Es fällt uns nicht leicht, unser Anliegen zu formulieren.«

Sauter setzte seine mir-können-Sie-alles-erzählen-Miene auf: »Nur zu. Frisch heraus.«

Robert lächelte Josy zu: »Schatz. Würdest Du uns bitte einen Moment entschuldigen?«

Josy versuchte ein kopfnickendes Lächeln: »Natürlich, mein Bester. Ich warte im Flur.«

Kaum war Josy verschwunden, sagte Robert: »Gestern wurde die Großmutter meiner Frau Sarah hier eingeliefert. Die Gute hat wohl etwas exzentrisch auf eine behördliche Anordnung reagiert. Frau Maria Winkler.«

Sauter legte eine Hand auf Roberts Schulter: »Seien Sie beruhigt, Herr Gust. Frau Winkler befindet sich hier in den besten Händen.«

»Da bin ich mir sicher, Herr Dr. Sauter. Allerdings bricht es meiner Frau das Herz, sie hier zurückzulassen.«

»Machen Sie sich keine Sorgen. Ich werde veranlassen, dass Ihre Frau Josephine jederzeit ihre Großmutter besuchen kann.«

Robert räusperte sich: »Meine Frau heißt Sarah, ihre Schwester hat den Namen Josephine angenommen. Es ist eine längere Geschichte und vermutlich der Grund, warum Maria Winkler an einem bestimmten Tag im Jahr etwas - überreagiert. Wir hofften, wir könnten Frau Winkler mit nach Südfrankreich nehmen. Geschäftliche Gründe zwingen uns zur heutigen Rückfahrt.«

»Soso, nach Südfrankreich also.«

Robert lächelte immer noch: »Ja. In der Nähe unseres Domizils gibt es ein hervorragendes Sanatorium. Dort könnten wir Maria Winkler unterbringen und Sarah könnte sie jederzeit besuchen.«

Sauter legte die Hand auf den Türgriff: »Nun, Herr Gust. Es gibt zwei Möglichkeiten.«

»Und die wären?«

Sauter öffnete ruckartig die Tür, hinter der - wie er es erwartet hatte - Josy stand und zusammenzuckte. Sauters Stimme wurde leise und nahm einen bedrohlichen Klang an: »Entweder Sie gehen unauffällig oder ich rufe den Sicherheitsdienst. Für wie dumm halten Sie mich? Frau Winkler ...«

»Gust«, warf Robert ein.

»Halten Sie den Mund, Sie dummer Junge. Der Ring ist ihr viel zu groß und der Finger weist keinerlei Anzeichen auf, dass dort drei Jahre ein Ehering gesessen hätte. Und zudem: Auch mit

Brille und ohne Motorrad ist es nicht schwer, sie zu erkennen. Sie hatten von Anfang an nur das Ziel, ihre Großmutter zu befreien. Und jetzt verlassen Sie sofort mein Haus.«

Robert stemmte sich gegen die Tür: »Mein Geld.«

Sauter verzog die Mundwinkel zu einem spöttischen Grinsen: »Sagten Sie nicht, Spende sei Spende?«

Robert nahm eine drohende Haltung ein: »Unter diesen Umständen wohl nicht mehr.«

Sauter hob belehrend den Zeigefinger: »Insbesondere unter diesen Umständen. Wie wäre es mit ‚Bestechungsversuch' oder ‚Befreiungsversuch einer gemeingefährlichen Person'?«

»Damit kommen Sie nie durch.«

»Vielleicht. Aber wollen Sie es darauf ankommen lassen, dass Ihr Vater erfährt, dass Sie ausgerechnet mir eine halbe Million Euro zukommen lassen wollen? Mir, der ich nachgewiesen habe, dass er eine Phase-II-Studie bewusst manipuliert hat? Den er daraufhin erfolglos verklagte, aber damit meine Klinik an den Rand des Ruins brachte? Ich sehe das Geld als Schmerzensgeld an. Guten Tag.«

Kurz darauf hatte ein stämmiger Mitarbeiter des hauseigenen Sicherheitsdienstes Josy und Robert bis zum Parkplatz begleitet.

Robert hämmerte auf das Lenkrad ein: »Oh gottverdammte Scheiße.«

Josy starrte ins Nichts: »Er hat es von Anfang gewusst.«

»Was hat er von Anfang an gewusst?«

»Der Kaffee. Hast Du nicht davon getrunken?«

»Nein. Ich trinke nie während Geschäftsgespräche. Ich hielt die Tasse nur an meinen Mund, um Zeit zu gewinnen. Was war mit dem Kaffee?«

»Automatenbrühe. Die haben uns Automatenbrühe vorgesetzt, obwohl wir angeblich eine großzügige Spende machen wollen.«

»Ist doch egal. Viel Schlimmer noch, dass die Kohle weg ist. Woher soll ich wissen, dass mein Alter mit diesem Drecksack im Clinch liegt?«

»Keine Ahnung. Typisch. Das Geld ist Dir wieder wichtiger als alles andere. Oma sitzt immer noch fest.«

»Hör mir doch auf mit Oma.«

Er startete den Motor, parkte aus und raste mit quietschenden Reifen vom Parkplatz.

Einige Minuten später hielt er vor Josys Haus. Sie griff wieder nach dem Türöffner und wieder legte er ihr eine Hand auf den Arm: »Warte!«

Josy schüttelte ihn ab: »Lass den Quatsch. Wir müssen kein Spiel mehr spielen, das sowieso nicht funktioniert.«

Robert forderte: »Das Bild.«

Josy war bereits ausgestiegen: »Verpiss Dich. Der Deal war Oma gegen Bild.«

Sie warf die Tür des Porsche zu, sprintete zum Haus, fummelte den Haustürschlüssel aus der Handtasche. Robert stand hinter ihr, als sie die Tür öffnete: »Der Deal war Geld gegen Bild. Ich habe meinen Teil erfüllt.«

Josy stürmte das Stiegenhaus hoch: »Ich sagte, Du bekommst das Bild, wenn Oma im Flugzeug nach Griechenland sitzt. Und dort sitzt sie bekanntermaßen ja nicht.«

»Was kann ich dazu, dass Du aufgeflogen bist. Ich habe eine halbe Million Euro gezahlt. Genug Geld für ein Bild.«

Josy öffnete die Wohnungstür noch nicht, steckte nur den Schlüssel ins Schloss: »Die Sache war von Anfang an zum Scheitern verurteilt. Sauter wusste, wer Du bist und wollte nur das Geld. Egal, was Du von ihm gewollt hättest. Er wusste, dass Du keine Ahnung von dem Krieg zwischen ihm und Deinem Vater hattest. Du hättest nicht einmal einen Kaugummi von ihm bekommen. Das nennst Du ‚Ich habe mich gut vorbereitet'? Eine

Lachplatte ist das. Du hast nur Geld verloren. Meine Oma ihren wohlverdienten Lebensabend. Hau ab!«

Josy huschte in ihre Wohnung, knallte die Tür zu. Sie lehnte sich gegen die Wand, rutschte zu Boden und weinte.

Robert lehnte im Treppenhaus ebenfalls an der Wand.

Frederick genoss derweil mit Dr. Hohenstelzer das Abendessen, zudem der Vorstandsvorsitzende die beiden Mitarbeiter auf Probe eingeladen hatte.

»Nein, Herr Dr. Hohenstelzer«, bedauerte Frederick, »ich weiß nicht, wo Herr Gust bleibt.«

»Sie gaben ihm aber die Einladung? Natürlich ist es mein Versehen. Ich hätte sie ihm schon beim Gespräch geben müssen, so wie Ihnen auch.«

Frederik blieb geschmeidig: »Aber natürlich erhielt Herr Gust die Einladung von mir. Wir sind Studienkollegen und vertrauen uns vollkommen. Verzeihen Sie es ihm. Sicherlich kam eine Familiensache dazwischen.«

Die Austern wurden aufgetragen, was ein Aufleuchten der Augen Hohenstelzers, verbunden mit einem süffisanten Lächeln, provozierte.

Er griff nach der Serviette: »Nun, denn. Lassen Sie es sich munden. Ihr Studienkollege wird mir sicherlich morgen einen triftigen Grund für sein Fernbleiben nennen können.«

»Da bin ich mir sicher, Herr Dr. Hohenstelzer.«

7

»Hey. Bei mir im Treppenhaus liegt nie so etwas Schnuckeliges herum.« Sabine stieg am nächsten Morgen über Robert, der auf dem Treppenabsatz schlief. Sie klingelte bei Josy, ging dann in die Hocke.

»Dich kenne ich doch. - Genau. - In Josys Blumenladen. Und jetzt vor ihrer Tür?«

Hinter Josys Wohnungstür rumpelte es, dann rief Josy: »Wer ist da?«

»Ich bin es Süße, Sabine. Dein Besuch schläft noch - oder wieder oder so. Lass mich rein.«

Josy öffnete und ließ Sabine herein, drückte schnell die Tür wieder ins Schloss.

Sabine meinte: »Keine Panik, den hast Du so geschafft, der pennt immer noch.«

»Was?«

»Und wie siehst Du aus? Hast Du in dem Anzug geschlafen? Abschminken ist wohl auch aus der Mode gekommen? Weißt Du was? Du schwingst Deinen hübschen Arsch unter die Dusche. Ich setze eine Kanne After-Sex-Sabine-Spezial-Kaffee auf.«

»Hää?«

»Duschen. Danach Küche.«

An der Tür hämmerte es, Josy, die schon im Badezimmer stand, rief: »Schaust Du mal bitte?«

»Das wird Dein Lover sein.«

»Mein was?«

»Der Typ scheint die Nacht auf der Treppe vor Deiner Tür ...«

»Lass das Arschloch bloß nicht rein.«

»Jetzt bin ich echt interessiert«, flüsterte Sabine und ging zur Wohnungstür. Sie öffnete sie einen Spalt und hielt ihren Zeigefinger vor den Mund: »Psst. Komm rein, aber leise. In die Küche mit Dir.«

Irritiert drückte sich Robert an Sabine vorbei, blieb im Flur stehen. Sabine, die leise die Tür geschlossen hatte, stieß gegen ihn: »Hoppla. Wo das Schlafzimmer ist, weißt Du aber?«

Unwillkürlich sah Robert zur Schlafzimmertür. Sabine lachte lauthals.

»Alles in Ordnung?«, fragte Josy aus dem Bad.

»Jaahaha«, jubelte Sabine zurück, während sie Robert mit Handzeichen bedeutete, sich auf den Stuhl zwischen Wand und Kühlschrank zu klemmen. Sie gab Kaffeepulver in den Filter, goss Wasser in die Kaffeemaschine ein, schaltete sie ein und danach das Küchenradio, das sie etwas lauter drehte. Gegen die Küchenzeile gelehnt fragte sie: »Name?«

»Robert.«

»Robert was?«

»Robert Gust.«

»Du warst vorgestern im Blumenladen.«

»Richtig.«

»Hat sie Dich davor oder danach vor die Tür gesetzt?«

Robert streckte sich, rieb sich die Augen: »Vor oder nach was?«

»Also davor. Respekt, Du bist nicht abgehauen.«

Josy kam den Gang herunter, rubbelte sich die Haare mit einem Handtuch trocken: »Wer ist nicht abgehauen?«

Im nächsten Moment sah sie Robert und erstarrte: »Raus. Raus aus meiner Wohnung!«

Sabine nahm drei Kaffeetassen aus dem Schrank, stellte sie neben die Kaffeemaschine: »Jetzt mal langsam, Schätzchen. Da liegt ein Mann, den Du verschmäht hast, die ganze Nacht vor Deiner Tür und Dir fällt kein besseres Wort als ‚raus‘ ein?«

»Das verstehst Du nicht, Sabine.«

Robert stand auf: »Ist schon okay.«

Sabine herrschte ihn an: »Setzen!«

Sie nahm die Kaffeekanne, füllte die drei Tassen: »Josy und ich trinken den ersten Pott des Tages schwarz. Und Du?«

Robert nahm die Tasse, die Sabine ihm reichte, an: »Danke. Schwarz ist gut.«

»Josephine! Das *Sitz, Platz, Aus* galt auch für Dich.«

»Ach, Sabine. Lass doch.«

»Sitz!«

Widerstrebend zog Josy den zweiten Stuhl vom Tisch an die am weitesten von Robert entfernte Stelle der Küche. Sie entschloss sich, zu schweigen. Eisern. Nur Kaffee.

Robert stand auf, bot Sabine seinen Stuhl an: »Bitte, setzen Sie sich.«

Sabine zischte: »Sagte ich nicht ‚sitz!‘? Ich finde schon einen Platz.«

Robert ließ sich wieder auf den Stuhl fallen, betrachtete angestrengt den Kaffee in seiner Tasse. Sabine nahm auf dem Tisch Platz. Im Schneidersitz. Blick zu Josy. Blick zu Robert. Blick zu Josy. Dann vertonte sie ihre Kopfbewegungen: »Klack - klack -klack - kla ... ach Mensch. Ihr seid ja langweiliger als ein Tischtennisturnier zweier Roboter.«

Josy erwiderte: »Dann schmeiß ihn raus.«

Sabine war anderer Meinung: »Kommt nicht in die Tüte, Ihr Lachgummis. Hallo. Versetzt Euch mal in meine Lage: Auf der Treppe vor der Wohnung meiner besten Freundin schnarcht ein Zuckerstück im Anzug. Meine Freundin öffnet in Kleidern, die man nicht als Schlafanzug bezeichnen kann. Und - die selbst eine Josephine Winkler nicht wieder nach einer heißen Nacht anzieht.«

Sabine machte eine Pause, um dann zu ergänzen: »Kleider, die sie eigentlich seit zehn Jahren nicht mehr angezogen hat. Wer fängt an?«

Schweigen auf beiden Seiten des Küchentisches. Sabine grinste: »Ich habe Zeit. Zuerst der Gast oder fängt doch die unberührte Lady an?«

Josy schwieg. Robert sagte leise: »Eine halbe Million Euro sind den Bach runter.«

Sabine pfiff anerkennend durch die Zähne: »Was hast Du dem entgegenzusetzen, Josy?«

»Oma ist in der Hölle gelandet.«

Sabine sprang vom Tisch und holte die Stofftasche, die sie im Flur abgestellt hatte: »Die Semmel habe ich mitgebracht. Josy, ich hoffe, Du hast noch Essbares im Schrank. Oma Maria, die mit einer halben Million Euro in der Hölle verschwunden ist. Das ist erstens weit weg von Kreta, zweitens mehr Geld, als ich je verdienen werde und drittens - will ich jetzt die ganze Geschichte hören. Beim Frühstück, sonst verstehe ich Euch nicht vor lauter knurrenden Mägen.«

Als Sabine auf dem Laufenden und Josy nicht mehr ganz so wütend auf Robert war, hatten sie die Anzahl der Semmel drastisch reduziert.

»Nun«, Sabine strahlte dabei und klatschte in ihre Hände, »dann müssen wir die Sache anders angehen.«

»Wir?«, platzten Josy und Robert gleichzeitig heraus.

Sabine hob abwehrend die Hände: »Hey! Fresst mich nicht gleich. Ich stelle mir das so vor, dass Ihr beide den operativen Teil übernehmt und ich mehr die - die taktische Planung.«

Robert schnüffelte an seiner Tasse: »War irgendwas im Kaffee?«

Josy tippte sich an die Stirn: »Was stellst Du Dir vor? Sind wir bei James Bond? Es ist scheiße, es bleibt scheiße und Robert hat es verkackt.« Wütend knallte sie ihre Kaffeetasse auf den Tisch: »Und außerdem ist meine Tasse leer.«

Sabine, einmal in Fahrt gekommen, ließ sich nicht aufhalten: »Gut, dann Plan Nr.1: Robert! Kaffee aufstellen. Ich hoffe, Du weißt, wie das geht.«

»Eine Brühe, wie die aus dem Automaten in der Klinik, bekommt er sicher hin«, giftete Josy.

»Ich hab wohl gestern Abend mehr verloren als Du«, fauchte Robert zurück, machte sich aber trotzdem über Filter und Kaffeepulver her.

Josy sprang auf: »Ich glaube, Du spinnst! Dein Scheißgeld gegen meine Oma aufzuwiegen. Du bist so ein ekliger, geldsüchtiger, karrieregeiler Vollpfosten. Am liebsten würde ich Dich gleich hier abstechen. Würdest Du Dich mal ernsthaft um etwas anderes kümmern als um Dich selbst, dann hättest Du gewusst, dass dieses Arschloch Sauter mit Deinem Vater eine offene Rechnung hat. Und außerdem ist es wohl bezeichnend, dass Dein Vater einen Betrug mit einer Medikamenten ...«

Josy war die Puste ausgegangen, laut sog sie die Luft in ihre Lungen. Sabine nutzte die Sprechlücke, um zu schreien: »Dann bringt Ihr beiden Großhirngeschädigten Euch doch gegenseitig um.«

Mit einer schnellen Drehung zog sie zwei Küchenmesser aus dem Messerblock, der auf der Küchenarbeitsplatte stand, und legte sie auf den Tisch.

»Los!«, provozierte sie, »nehmt schon und geht Euch an die Gurgel. Ich wische die Sauerei dann schon auf. Viel Blut kann aus Euch nicht herauskommen, so unterversorgt ist Euer Hirn.« Betreten blickte Josy zu Boden. Robert konzentrierte sich auf das Einfüllen von Wasser in die Kaffeemaschine.

»Ach?«, wunderte sich Sabine gespielt, »jetzt dann doch nicht? Meine lieben Kleinen, Tante Sabine erklärt Euch jetzt mal, was hier abgeht. Setzen.«

Sabine holte aus dem Flur einen Hocker, setzte sich an den Tisch. Nachdem die beiden Streithähne ebenfalls wieder ihre Plätze am Tisch eingenommen hatten und die Kaffeemaschine gurgelnd damit begann, das Kaffeepulver zu brühen, fuhr Sabine erheblich ruhiger fort: »Die Sachlage ist folgende: Deine Oma Maria, Josy, hat Mist gebaut. Man kackt nicht im Rathaus auf den Tisch. Jetzt weiß ich wenigstens, woher Du Deine leichte Störrigkeit hast, Schätzchen.«

»Aber -«, warf Josy ein, doch Sabine unterbrach sie sofort: »Du hast Sendepause, ebenso wie Robert. Kein Ton oder ich benutze die Messer, klar?«

Josy und Robert nickten beide schweigend mit dem Kopf.

»Jetzt wird Deine Oma in der Psychiatrie festgehalten, während Opa auf Griechenland seine letzten Tage verbringt. Die Vollstrecker des Systems werden Oma Maria mit an Sicherheit grenzender Wahrscheinlichkeit nicht mehr aus ihren Fängen lassen. Eure erste Idee war nicht ganz schlecht, scheiterte allerdings daran, dass a) Sauter ein Arschloch ist, der nur darauf wartete, einem Gust eine reindrücken zu können, b) Geld alleine nicht ausreicht und die Kontakte, die unser lieber Robert hat - seinen Vater nämlich - genau das Gegenteil verursachten und c) Ihr beide so dämlich seid, ein Ehepaar spielen zu wollen, obwohl Sauter Dich, Josy, kannte und selbst ich erkenne, dass die Ringe, die Ihr immer noch tragt, nicht Euch gehören.«

Erschrocken zogen Josy und Robert die Eheringe von ihren Fingern und legten sie auf den Tisch. Sabine sah erst Robert, dann Josy an und sagte: »Soweit alles klar? Ja? Gut. Josy, der Kaffee ist fertig. Einschenken.«

Gehorsam holte Josy die Kaffeekanne und goss die drei Tassen voll, nahm die Milchtüte aus dem Kühlschrank, stellte sie vor Sabine auf den Tisch und ließ zwei Zuckerstücke aus der Dose, die am Tischende an der Wand stand, in ihre Tasse plumpsen.

»Kann ich mal bitte die Milch haben?«, fragte Robert.

Sabine reichte sie ihm, ermahnte ihn jedoch: »Aber dann kein Wort mehr, klar?«

Sabine trank einen Schluck und führte weiter aus: »Dein Problem, Josy, ist eindeutig: Oma muss raus. An Deiner Stelle, Robert, hätte ich gerne das Geld wieder zurück, richtig?«

Robert schwieg.

Sabine verdrehte die Augen: »Wenn ich Dir eine Frage stelle, dann darfst Du natürlich darauf antworten.«

»Ja.«

»Was ja?«

»Ja, ich will mein Geld wieder zurück.«

Sabine rieb ihre Handflächen aneinander: »Gut, Ihr habt beide eigentlich dasselbe Ziel. Ihr wollt Sauter etwas abnehmen, was Euch gehört. Aber eines habe ich noch nicht verstanden: Warum hast Du, Robert, eine halbe Million Euro lockergemacht, um Oma Maria freizukaufen?«

»Geht Dich nichts an!«, riefen Josy und Robert gleichzeitig.

»Okay. Wenigstens seid Ihr beiden Schätzchen einmal einer Meinung. Das ist doch schon ein Anfang.«

Josy fragte: »Und jetzt? Hat unsere Planerin schon eine Idee?«

»Habe ich. Robert, Du hast doch das Ticket für den Flug nach Griechenland. Kannst Du das umtauschen?«

»Ja, ähm, das ist so - also ...«

»Was?«

Robert holte Luft, schielte zu Josy: »Es ist ein Stand-by-Ticket.«

Josy runzelte die Stirn: »Und das bedeutet?«

Robert setzte sich aufrecht: »Es ist auf keinen Flug gebucht. Damit kann nur geflogen werden, wenn zufällig ein Platz frei sein sollte.«

Josys Nasenflügel bebten: »Das heißt also, selbst wenn es geklappt hätte, hätten wir Oma nicht nach Griechenland verfrachten können?«

»Unter Umständen. Aber vielleicht doch.«

Josy umfasste mit beiden Händen den Rand der Tischplatte, um nicht aus Versehen nach dem Messer zu greifen.

Sabine tätschelte Josys Hand: »Komm runter, Kleine. Das ist jetzt ganz gut so. Um die Jahreszeit fliegt doch keine Sau nach Griechenland. Da bekommen wir sicher einen Platz für Oma.«

»Und - wie - gedenkt - General Sabine - Oma aus dem Irrenhaus herauszubekommen?«, wollte Josy schwer schnaufend wissen.

»Oma Maria kennt mich. Ihr beide könnt Euch nicht mehr in der Klinik blicken lassen. Wir machen es so ...«

Wenige Minuten später hatten alle den Plan verstanden und sogar Josy war der Ansicht, dass es klappen könnte. Robert überzeugte Sabines Einschätzung, dass wohl niemand damit rechnen würde, dass eine siebzigjährige Frau auf einem Motorrad fliehen würde. Sein Geld war zwar damit noch nicht aus Sauters Fängen geholt, aber das, meinte Sabine, könnten sie danach angreifen.

Sabine stand auf: »Auf geht's: Holen wir Oma aus der Hölle! In genau drei Stunden muss jeder auf seinem Platz sein.«

8

Robert parkte den klapprigen Golf nicht auf dem Parkplatz der Klinik, sondern wie abgesprochen am Straßenrand. Er stellte den Motor ab und rutschte in eine bequemere Stellung auf dem Fahrersitz. Sabine, die auf dem Beifahrersitz saß, stieg aus, schlenderte über den Parkplatz auf die Klinik zu. Neugierig griff Robert in die Tasche, die auf dem Rücksitz lag. Darin befand sich eine Jacke. Eine identische Jacke hatte Sabine in ihre Handtasche gestopft.

Kurz danach hielt ein Motorrad hinter seinem Golf. Der Fahrer blieb ebenfalls sitzen, behielt den Helm auf. Seltsamerweise trug der Fahrer einen zweiten Helm am Arm.

Sabine sah sich kurz in der Eingangshalle um, entdeckte linker Hand die Wand mit der eingelassenen Scheibe, über der das Wort ANMELDUNG stand.

Höflich sagte sie: »Guten Tag. Ich möchte gerne zu Frau Maria Winkler.«

»Ihr Name!«, die Dame hinter der Scheibe trug den liebenswerten Gesichtsausdruck einer bissigen Bulldogge, unterstrichen durch streng zu einem Dutt zusammengefasste graubraune Haare.

Sabine lächelte weiterhin: »Sabine Prodorowsky.«

Die Bulldogge in Menschengestalt hatte bereits auf die Tastatur eingeschlagen, las den Eintrag bei Winkler: *Zimmer 5.03, Ebene 0, offen; Besuch ist unauffällig sofort Dr. Sauter zu melden.*

Bulldogge bleckte ihre riesigen Zähne. Überzeugt, dass dies ein menschliches Lächeln wäre, bellte sie: »Zimmer 5.03. Den Gang hier links hinter.«

Sabine deutete einen Knicks an: »Herzlichen Dank.«

Sabine verschwand um die Ecke, die Hand fest an ihrer Tasche.

Die Bulldogge tippte eine dreistellige Nummer in das Telefon: »Den Chef bitte. - Nicht da? - Um was es geht? - Wenn Sie meinen. Es ist Besuch für die Alte auf 5.03 gekommen.«

Sabine klopfte an die Tür des Zimmers 5.03 und trat sofort ein. Oma Maria saß an dem kleinen Tisch mit dem Rücken zu Tür, blickte sich nicht um und sagte kein Wort, ließ mit keiner Regung erkennen, ob sie mitbekommen hatte, dass jemand das Zimmer betreten hatte.

»Oma Maria?«, sprach Sabine die alte Frau vorsichtig an.

Jetzt regte sie sich, wandte sich Sabine zu. Ein Lächeln huschte über ihr Gesicht: »Sabine. Das ist aber schön, dass Du mich hier besuchst.«

Mit einem großen Schritt war Sabine bei ihr, bückte sich und umarmte die Großmutter ihrer Freundin.

Maria sagte: »Wir haben uns ja schon eine Ewigkeit nicht mehr gesehen. Hat Dir Josephine erzählt, dass sie mich hier gefangen halten?«

Sabine schmunzelte: »Du machst aber auch ganz schön wilde Sachen, nicht?«

Entrüstet entgegnete Maria: »Die wollten mir mein Geld abnehmen. Für nichts.«

»Aber Oma Maria, wäre es nicht geschickter gewesen, wenn Du einfach bezahlt hättest? Dann wärst Du schon bei Deinem Mann.«

»Ach«, Maria fiel ein kleines bisschen in sich zusammen, »mein Ede, der macht sich bestimmt Sorgen.«

Sabine streichelte ihr über den Rücken. Maria spannte sich plötzlich wieder: »Aber er würde es nicht gut heißen, wenn ich diesen Strafzettel bezahlt hätte. Behördenwillkür. Und dann dieses Kind dort. Keine Ahnung vom Leben, aber mir sagen wollen, was richtig und falsch ist.«

»Und jetzt, Oma Maria?«

»Ach Liebes. Irgendwann werden sie mich hier schon rauslassen.«

»Wie alt ist denn Dein Eduard?«

»Der Ede, der ist schon fast 74. Warum?«

»Meinst Du nicht, es wäre besser, Du gehst so schnell wie möglich zu ihm, damit Ihr jeden Tag in Eurem griechischen Häuschen genießen könnt?«

Oma Maria tupfte sich mit dem Taschentuch, das sie schon die ganze Zeit in der linken Hand hielt, die Augen: »Sabinchen, ich kann nur hoffen, dass sie mich nicht mehr allzu lange hier behalten.«

Sabine ging vor Oma Maria in die Hocke, legte ihre Hände auf deren Oberschenkel: »Was hältst Du davon, wenn wir die Sache ein bisschen beschleunigen?«

Maria lächelte zaghaft, strich Sabine mit dem Handrücken über die Wange: »Kindchen, wie willst Du das machen? Die halten mich doch hier für verrückt.«

»Vertraust Du mir?«

»Natürlich vertraue ich Dir. Schließlich habe Dich schon gewickelt und für Dich und Josy Eure Hausaufgaben gemacht.«

Sabine versank kurz in der Erinnerung an die Zeiten in der Grundschule, an die sie sich noch gut erinnern konnte. Nach der Schule war sie immer mit Josy zu Oma Maria gegangen, da ihrer beide Eltern arbeiteten. Oma M, wie sie Maria damals nannten, war cool.

»Sabine? Ist alles in Ordnung?«

Marias Frage riss Sabine zurück in die Gegenwart. Sie schüttelte sich kurz: »Entschuldige, ich war gerade mal kurz in der Vergangenheit.«

»Ist schon in Ordnung, Liebes. Warum willst Du wissen, ob ich Dir vertraue?«

Sabine stand auf. Aus ihrer Handtasche zog sie die Jacke, schüttelte die Falten aus ihr heraus und sagte: »Wir beide gehen jetzt ein paar Meter spazieren. Du ziehst diese Jacke an und machst genau das, was ich Dir sage. Und schon heute Abend trinkst Du mit Opa Ede auf Kreta griechischen Rotwein.«

Maria stand auf, schlüpfte bereitwillig in die Jacke: »Willst Du mich entführen?«

»Befreien, Oma M, befreien, nicht entführen.«

Maria nahm ihre Handtasche vom Tisch und folgte Sabine zur Tür. Kurz bevor Sabine sie öffnete, wollte Maria wissen, ob das Josephines Plan sei und sie ihre Enkelin sehen würde.

Sabine antwortete: »Es ist auch Josys Plan und ja, Du wirst sie sehen.«

Arm in Arm wanderten sie über den Flur auf die Eingangshalle zu. Ein Pfleger kam ihnen entgegen. Eine Sekunde später hörte Sabine, wie er, schon an ihnen vorbei, rief: »Stopp!«

Sabine zog Maria weiter, schnelle Schritte näherten sich von hinten. Der Pfleger umrundete die beiden und hielt sie auf: »Darf ich fragen, wohin Sie wollen?«

Sabine versuchte ein Lächeln: »Nur ein paar Schritte spazieren.«

Der Pfleger zog Sabine mit Blicken aus, tadelte: »Das müssen Sie aber im Stationszimmer anmelden. Und bei mir waren Sie nicht. Das hätte ich mir gemerkt.«

Sabine säuselte: »Entschuldigen Sie bitte, das wusste ich nicht. Ich möchte mit Oma Maria nur eine kleine Runde vor dem Haus drehen. Damit sie mal an die frische Luft kommt. Weit gehen kann sie sowieso nicht mit ihrer künstliche Hüfte. Wo ist denn das Stationszimmer, dann melde ich natürlich unseren Spaziergang.«

Maria starrte beflissen ins Leere. Der Pfleger sah sie an, versuchte eine Entscheidung zu treffen. Sabine lächelte.

Der Pfleger gab den Großmütigen: »Das ist nicht nötig. Jetzt weiß ich ja Bescheid. Bitte nicht länger als dreißig Minuten, sonst muss ich Alarm auslösen.«

Er zog Sabine noch immer mit seinen Augen aus. Sabine errötete tatsächlich, was der Pfleger als gutes Zeichen ansah, in Wirklichkeit jedoch Sabines aufsteigender Wut zu verdanken war.

Sabine gab die Verständige: »Aber natürlich. Vielen Dank. In spätestens einer halben Stunde stehen wir zwei Mädchen wieder vor Ihrer Tür.«

Oma Maria kicherte.

Der Pfleger setzte an: »Es ist die letzte Tür auf der linken Seite.« In diesem Moment piepste der Melder des Rufsystems, der außen an seiner Kitteltasche hing. Er sah auf das Display und bedauerte: »Entschuldigen Sie. Der Chef ruft.«

Eilig stob er davon, während Sabine und Maria zügig auf den Ausgang zugingen. Maria zischte: »So ein schnackselfixiertes Dreibeinarschloch.«

»Oma!« Sabine kicherte.

Ein paar Minuten später hatten sie die Hälfte der Strecke zu Roberts Golf geschafft. Der Pfleger von Station fünf stand vor Sauters Schreibtisch und fragte: »Herr Dr. Sauter, Sie haben gerufen?«

»Sie kennen die Patientin von Zimmer 5.03?«

»Ja, natürlich. Frau Winkler. Ein ganz besonders nette ...«

Sauter fiel ihm ins Wort: »Papperlapapp. Sie ist genauso durchgeknallt wie alle anderen, die hier landen. Frau Winkler bekam vor wenigen Minuten Besuch. Achten Sie darauf, dass Frau Winkler auf keinen Fall das Gebäude verlässt.«

»Aber wir sind keine geschlossene Abteilung.«

Sauter nahm seine Lesebrille ab, wischte sich über die Augen: »Das spielt keine Rolle. Ich habe Grund zu Annahme, dass versucht werden wird, sie zu entführen. Es ist zu Frau Winklers eigenem Schutz.«

Robert sprang aus dem Wagen. Josy umarmte kurz ihre Großmutter. Sabine drängte zur Eile: »Los. Wir haben keine Zeit.«

Sie öffnete die Beifahrertür des Golfs, hangelte die Jacke und eine Perücke, die Oma Marias Haaren ähnlich war, aus ihrer Tasche.

Robert schüttelte den Kopf: »Was hast Du noch alles in Deiner Handtasche?«

»Lass Dich überraschen, Schnucki«, grinste Sabine.

Josy löste sich von ihrer Großmutter, die sie kaum aus der Umarmung lassen wollte und dabei schimpfte: »Nimm doch den Helm ab.«

Josy reichte ihr den zweiten Helm: »Schnell, Omi, setz den Helm auf und steig auf das Motorrad. Dein Flugzeug wartet.«

Doch Oma Maria wehrte den Helm ab.

»Omi! Ich weiß, Du magst keine Motorräder, aber wir müssen los«, drängte Josy.

Maria betrachtete jedoch die Sitzbank des Motorrades: »Ich habe nichts gegen Motorräder. Und gerne würde ich die Beine wieder so breit machen können. Aber es geht nicht. Die Hüfte, mein Schatz.«

Dr. Sauter drückte den Alarmknopf, der Pfleger raste die Treppen hinunter, rief den beiden Sicherheitsleuten, die aus einer Tür gegenüber der Anmeldung kamen, zu: »Alte Frau in Begleitung einer scharfen Brünetten. Angeblich wollen sie nur spazieren gehen. Entführung.«

»Oma, Du musst aber!«

Robert sah, wie drei Männer suchend über den Parkplatz hetzten. Einer trug den weißen Kittel der Pflegekräfte, die beiden anderen eine braune Uniform. Sie kamen schnell näher. Robert schrie: »Schnell. Frau Winkler in den Golf. Sabine! Nimm Du das Motorrad.«

Sabine stülpte sich den Helm über, schwang sich auf den Sozius des Motorrades. Josy half Oma Maria auf den Beifahrersitz des Autos, warf die Tür ins Schloss.

Robert stieg auf der Fahrerseite ein, half Oma Maria noch, sich anzuschnallen. Er hörte durch das einen Spalt offene Fenster den Schrei eines der näherkommenden Männer: »Da sind sie! Auto und Motorrad.«

Robert sah die beiden Aufpasser, die kurz davor waren, sie zu erreichen. Der Dritte, im weißen Kittel, lehnte japsend an einem Baum.

Josy sprang auf ihre Maschine, startete den Motor und preschte davon. Ein Sicherheitsmann der Klinik stolperte ihr ein paar Schritte hinterher, konnte sich gerade noch mit einem Sprung vor einem herannahenden Taxi retten. Robert drehte den Zündschlüssel.

Klack.

Der Typ, der Josy hinterhergerannt war, rollte sich auf dem Boden, der andere näherte sich von rechts.

Robert drehte erneut den Zündschlüssel.

Klack.

»Scheiße. Das kann jetzt nicht wahr sein.«

Die Beifahrertür wurde aufgerissen. Blitzschnell griff eine behaarte Hand nach Oma Maria, löste den Sicherheitsgurt.

Robert presste den Schlüssel erneut in die Starterposition, aufheulend sprang der Golf an.

Der Kliniklakai hatte seine Hand fest um Marias Oberarm gekrallt. Maria jammerte: »Au. Au.«

Der Lakai höhnte: »Gib ruhig Gas, wenn Du die Alte auf die Straße knallen lassen willst.«

Robert zögerte eine Sekunde.

Eine Sekunde zu lang, genug Zeit für den Klinikangestellten, Maria mit einer schnellen Drehung aus dem Wagen zu ziehen.

Maria rief: »Hau ab. Schnell. Bevor sie Dich auch noch bekommen!«

Robert trat aufs Gas. Mit quietschend Reifen fädelte er sich in den Verkehr ein. Im Rückspiegel tauchte Josys Motorrad auf.

9

Robert war nach der fruchtlosen Diskussion mit Josy und Sabine erschöpft in einen traumlosen Schlaf gefallen. Nur mühsam fand der Klingelton seines Handys den Weg zu seinem Gehirn. Noch mühsamer, zu erkennen, dass das Klingeln real und kein Traum war.

Endlich hob Robert ab: »Mhhm?«

»Robert, Mensch, wo bist Du?«

»Zu Hause, Frederik. Wo sonst? Ich habe geschlafen.«

»Du hast Nerven. Der Hohenstelzer sucht Dich.«

Robert war schlagartig wach, auch wenn das Gehirn noch langsam arbeitete: »Warum? Wieso ruft er nicht bei mir an?«

»Seine Assistentin sagt, sie hätte es auf Deinem Handy bereits versucht.«

Robert nahm das Telefon vom Ohr und hielt es vor die Augen. Die LED am oberen Ende blinkte rot - mindestens ein verpasster Anruf.

Er hielt das Telefon wieder ans Ohr, hörte Frederik noch sagen »... dran?«

»Ja, ich bin noch dran«, antwortete Robert. »Soll ich zurückrufen?«

»Keine Ahnung.«

Langsam lief Roberts Gehirn auf Normaltouren: »Was hast überhaupt Du mit Hohenstelzers Assistentin zu tun? Woher weißt Du, dass sie mich sucht?«

»Ach, ich kenne sie von ein paar Partys, hatte wohl im Suff mal erwähnt, dass ich mit einem Gust die Schulbank drückte.«

Robert dachte, dass dies Frederik ähnlich sah, damit anzugeben, dass er reiche Freunde hatte. Robert legte auf, versuchte seine Gedanken zu ordnen.

Nach ein paar Sekunden entschied er sich, bei der Bank anzurufen und erfuhr, dass ihn der Vorstandsvorsitzende so bald wie möglich sehen möchte.

»Gust!«, donnerte Hohenstelzer 45 Minuten später, »sagte ich nicht deutlich genug, dass nichts, gar nichts, den Ruf dieses Hauses gefährden darf?«

Robert kam sich vor wie ein Schulbub: »Natürlich Herr Dr. Hohenstelzer. Sie waren unmissverständlich und ich versichere Ihnen ...«

»Halten Sie den Mund. Noch habe ich keinen Beweis, dass es so ist, aber da gibt es wohl etwas in Ihrer Vergangenheit.«

»Ich wüsste nicht.«

Hohenstelzer kam hinter seinem Schreibtisch vor, ging zur Tür, die zum Büro seiner Assistentin führte, legte die Hand auf den Türgriff, während er weiter tobte: »Oh, ich spiele lange genug Poker, um zu spüren, wenn einer sein schlechtes Blatt verbirgt. Ich weiß zumindest so viel, dass es da ein Bild geben muss. Ein schönes Gruppenbild mit Drogen?«

Robert ließ sich nicht provozieren: »Woher auch immer Sie diese Information haben, sie ist falsch. Ich habe nie Drogen konsumiert.«

Hohenstelzer wurde ruhig: »Ach?«

Dann riss er die Tür auf und sagte leise: »Darf ich bekannt machen? Oder kennen Sie sich?«

Grinsend stand Frederik in der Tür: »Hey, Robert. Sieht so aus, als wollten wir beide den Job.«

Hohenstelzer knallte die Tür wieder zu: »Und dann wäre da noch eine Sache.«

Robert behielt nur mühsam die Fassung: »Was?«

Hohenstelzer nahm eine Umlaufmappe von seinem Schreib-tisch, klappte sie auf, fummelte aus seiner Hemdtasche die Lesebrille und setzte sie auf. Sein Blick war auf das einzige Dokument in der Akte gerichtet: »500.000 Euro sind eine Menge Geld. Die hebt man nicht einfach so ab.«

Er schloss die Mappe, nahm seine Brille ab und brachte so etwas Ähnliches wie ein Lächeln zustande: »Herr Gust. Nur der engen Geschäftsverbindung zu Ihrer Familie verdanken Sie es, dass ich unsere Beziehung nicht sofort und unwiderruflich abbreche. Weder das Bild noch das fehlende Geld müssen ein Hinderungsgrund für Ihre Beschäftigung sein. Finden Sie das Bild vor meinen Leuten und vernichten Sie es oder überzeugen Sie mich, dass es kein derartiges Bild gibt. Erklären Sie, was Sie mit dem Geld machten, das spurlos verschwunden ist, oder schaffen Sie es wieder bei.«

Robert setzte zu Erklärungen an: »Ich - ich ...«

Hohenstelzer schnitt mit einer energischen Handbewegung das Wort ab: »Bringen Sie das in Ordnung.«

Robert öffnete die Tür zum Flur, Hohenstelzer begab sich hinter seinem Schreibtisch.

Kurz bevor Robert die Tür von außen schloss, rief Hohenstel-zer: »Gust! - Ich halte es übrigen mit dem alten Julius: ‚Prodi-tionem amo, sed proditores non laudo'.«

Robert knurrte, während er die Treppe hinabging: »Und ich werde ihn in der Luft zerreißen. Liefert seinen Kumpel für die Karriere ans Messer.«

10

»Sabine, er geht nicht ran.«

Josy warf ihr Handy auf das Sofa, plumpste auf den Sessel und nahm das Rotweinglas aus der Hand ihrer Freundin, das sie ihr anbot: »Danke.«

Sabine setzte sich auf die Armlehne des Sessels, legte ihren freien Arm um Josys Schultern: »Hey, Kleines. Der Typ ist weg. Der lässt Dich hängen. Erst versaut er die Sache mit dem Freikaufen und dann kommt er mit einer Karre, die nicht anspringt. Das hat er doch alles mit Absicht gemacht. Garantiert. Sicher hockt er jetzt mit diesem Sauterarsch in einem noblen Restaurant und lässt sich den Kaviar schmecken. Ich traue mir zu wetten, die beiden haben die Kohle nur vor dem Finanzamt in Sicherheit bringen wollen.«

Josy presste die Lippen aufeinander: »Das will ich nicht glauben.«

»Das solltest Du aber glauben. Wir versuchen halt alleine, Oma Maria zu befreien.«

Josy lachte trocken auf: »Wie stellst Du Dir das vor? Nach der Aktion haben sie Oma auf die geschlossene Abteilung gebracht, da haben wir keine Chance reinzukommen. Und raus lassen diese Schweine sie nie mehr. Armer Opi. Sitzt auf der Insel und hat keine Ahnung, was los ist.«

»Kannst Du ihn nicht irgendwie erreichen?«

Josy schüttelte den Kopf: »Opa sagt, das Telefon hat ihn fünfzig Jahre davon abgehalten, zu leben. Als er in Rente gegangen ist, war das Erste, das er machte, das Telefon auf den Müll schmeißen.«

Sabine lachte: »Echt jetzt? Ich dachte immer, die beiden wollten mir ihre Telefonnummer nicht geben, damit ich sie nicht anrufen konnte, sondern besuchen musste.«

»Ich schrieb ihm bereits, aber bis der Brief bei ihm ankommt, wird es wohl noch etwas dauern. Und dann? Was will er ausrichten?« Josy kämpfte mit den Tränen: »Ich hätte es ihnen so gegönnt, die letzten paar Jahre ihres Lebens.«

Plötzlich sang sie: »Und irgendwann bleib i dann dort, lass' alles lieg'n und steh'n, geh von daham für immer fort.«

Josy sprang auf, lief ins Bad. Sabine füllte ihr Glas auf, da klingelte Josys Handy auf dem Sofa.

Ein schneller Blick in den Flur, die Badezimmertür war geschlossen. Sabine nahm das Gespräch an: »Ja? - Nein, Sabine. Dass Du Dich traust, Josy anzurufen. - Ja, sie hat es ein paar Mal probiert, aber der Herr sitzt bestimmt schon auf Ibiza oder ist es Monaco, wohin Du Dich verkrümelt hast? - Nein, ich höre Dir nicht mehr zu. Du hast es zweimal vergeigt und deshalb sitzt Oma Maria noch tiefer in der Scheiße.«

Sabine legte auf. Zwei Sekunden später klingelte das Telefon erneut, sie hob ab: »Sagte ich nicht ... Oh. Entschuldigung - Hey, Diana, nee, ich bin es Sabine. - Die ist gerade für kleine Mädchen. - Ja, die kenne ich auch. - Woher weißt Du? - Was? - Was hat sie Dir erzählt? - Und jetzt? - Das würdest Du machen? - Gut, wann? - In zwei Stunden bei Leo. - Ja, wir sind pünktlich.«

Kreischend rannte Sabine über den Flur, trommelte mit beiden Fäusten gegen die Badezimmertür: »Josy. Josy! Mach auf. Schnell. Es geschehen noch Wunder.«

Sabine schlug weiter auf die Tür ein, als diese sich schon öffnete. Nicht gut für Josy, die einer der Fäuste ihrer Freundin auf die Stirn bekam. Hart. Zu hart. Josy zog es die Füße weg, sie fiel um, und noch bevor Sabine reagieren konnte, schlug sie mit dem Kopf auf den Rand der Toilette.

»Uuups!«, Sabine hielt sich die Hand vor den Mund, ging in die Hocke. Das Telefon im Wohnzimmer klingelte erneut. Sabine zuckte hoch: »Herrgott! Bewege Dich keinen Millimeter!«

Während Sabine ins Wohnzimmer hechtete, griff Josy zu ihrer wachsenden Beule, murmelte benommen: »Bestimmt nicht. Habe keine Lust auf ein zweites Wunder.«

Sabine kam zurück, Josy wollte wissen, wer es war.

»Robert«, antwortete Sabine und half ihr vorsichtig hoch, » ich habe das Gespräch weggedrückt. Setz Dich erst mal.«

Josy setzte sich gehorsam auf die Toilette: »Bevor Du mich wieder schlägst.«

Sabine nahm aus dem Schrank neben dem Waschbecken einen Waschlappen, hielt ihn unter den Wasserhahn: »Sorry, Du, war keine Absicht. Was öffnest Du auch so schnell die Tür?«

Sabine drückte Josy den kalten, feuchten Lappen auf den Hinterkopf. Josy stöhnte auf: »Au! Du hattest es doch so eilig. Was für ein Wunder überhaupt?«

»Du glaubst es nicht, wer angerufen hat.«

Wenig begeistert fragte Josy: »Wer?«

»Diana!«

»Diana wie?«

»Diana Rubner.«

»Was will die denn?«

»Sie will nichts, Schatz, sie bietet etwas. Aber willst Du hier auf dem Klo versauern? Komm, wir gehen in die Küche und ich mache uns einen Kaffee.«

»Rotwein wäre mir lieber. Volllaufen lassen und alles vergessen. Wenn ich jetzt Kaffee trinke, kann ich die halbe Nacht nicht schlafen.«

Sabine führte Josy trotzdem in die Küche, drückte sie auf den Küchenstuhl, machte sich zu schaffen.

»Du sollst auch nicht schlafen. Weißt Du, wo Diana arbeitet?«

»Nein, aber Du wirst es mir sagen, auch wenn es mich einen Kehricht kümmert.«

Sabine grinste: »Es wird Dich kümmern. Sie arbeitet in Sauters Gefangenenlager.«

»Was?«

»Ja, Du hast richtig gehört. Sie hatte drei Wochen Urlaub und natürlich den neuen Dienstplan verschmissen.«

»Das sieht ihr ähnlich, aber was hat das mit uns zu tun?«

»Vielleicht sehr viel. Da sie nicht wusste, wann sie arbeiten muss, war sie heute Vormittag auf Station und hat sich den neuen Dienstplan geholt. Und wer lief ihr da über den Weg?«

»Oma Maria?«

»Genau. Und da Diana frei hat, also bis morgen früh, hat sie mit Maria einen Kaffee getrunken. Und Deine Omi hat ihr die ganze Sache erzählt.«

Josy angelte nach zwei Kaffeetassen, wollte wissen: »Und? Ändert das etwas?«

Sabine füllte die Tassen, sprühte vor Enthusiasmus: »Ja! In knapp zwei Stunden treffen wir uns mit Diana bei Leo. Und dann geht es los.«

»Was geht dann los?«

»Sag mal, bist Du schwer von Begriff?«

Josy tastete nach ihrer Beule, verzog das Gesicht: »Ich bin auf wundersame Weise auf den Kopf gefallen. Oder wollte mich meine beste Freundin umbringen, um Oma Maria auf meiner Beerdigung zu entführen?«

»Fast. Diana will uns helfen Oma Maria rauszubekommen.«

Josy zweifelte: »Warum sollte sie das tun? Wenn wir scheitern, sind wir fällig. Wenn herauskommt, dass sie uns geholfen hat, fliegt sie. Das ist doch Quatsch.«

»Fragen, Fragen, Fragen. Was ist nur aus der Josy geworden, die mit 16 Papas Motorrad klaute? Aufhübschen, Süße.«

11

Diana wartete schon auf Josy und Sabine. Sie hatte einen kleinen Tisch in einer ruhigen Ecke des Lokals ausgesucht.

Diana kam sofort zur Sache: »Was ist denn das für ein Mist mit Deiner Oma, Josy?«

»Kurz gesagt: Eigentlich sollte sie auf Kreta sein, jetzt sitzt sie stattdessen in der Psychiatrie.«

Diana ergänzte: »Auf der Geschlossenen. Stimmt das, dass Ihr sie entführen wolltet? Jedenfalls hat sie mir das gesagt.«

Josy stocherte in ihrem Getränk: »Also -«

Sabine fackelte nicht lange: »Wir müssen ihr schon alles sagen. Den Anteil von Oma Maria an der Misere kennst Du?«

Diana grinste: »Yepp. Sie war schon immer gut drauf.«

Sabine sprach weiter: »Erst versuchten wir, sie freizukaufen. Das ging gründlich schief, weil Dein Chef mit dem Vater unseres Geldgebers noch eine offene Rechnung hat. Der zweite Versuch hätte beinahe geklappt. Maria wollte aber kein Motorrad fahren und unser Helfer war zu blöd, einen alten Golf zu starten.«

Josy fragte: »Wie willst Du uns helfen, Diana?«

Diana sah sich verschwörerisch um, beugte sich zur Mitte des Tisches. Josy und Sabine folgten unwillkürlich ihrer Bewegung. Diana unterbreitete ihnen ihre Idee: »Ich gebe Euch meinen Schlüsselbund. Damit könnt Ihr alle Türen in der Klinik schließen.«

»Echt alle?«, wollte Sabine wissen.

Diana zischte: »Hört zu. Nein, nicht alle. Die im dritten Obergeschoss nicht, aber da ist nur die Verwaltung. Maria sitzt im Erdgeschoss auf Zimmer 3.08 ein.«

Josy beschwerte sich: »Sie sitzt nicht ein.«

»Jaja. Wir nennen das in der geschlossenen Abteilung aber so wegen der Gitter vor dem Fenster. Der reinste Knast. Aber still jetzt. Um 04.30 Uhr hat das Nachtpersonal noch mal eine kurze Pause. Die wird immer eingehalten. Sauter kontrolliert penibel die Stechuhr und wehe jemand sticht nur eine Minute vorher ab oder eine Minute nach 04.45 Uhr, wenn die Pause zu Ende ist. Der Pausenraum der geschlossenen Abteilung befindet sich am Ende des Ganges.«

Sie kramte aus ihrer Jackentasche einen Zettel mit einer Skizze des Erdgeschosses, zumindest der relevanten Teile, legte ihn auf den Tisch.

»Vom Pausenraum gelangt man unmittelbar ins Freie zur Raucherecke. Und von dort müsst Ihr kommen. Geht auf keinen Fall zum Haupteingang.«

»Wie sollen wir denn dorthin kommen. Das ist doch die Rückseite des Gebäudes, oder?«

Diana grinste: »Meinst Du etwa, wir, die wir zu Fuß oder mit dem Fahrrad auf die Arbeit kommen, wollen immer durch den ganzen Laden laufen? Von der Tür sind es bis zum Zaun etwa zehn Meter. Und - im Zaun ist eine Tür eingelassen. Die hat uns der Hausmeister eingebaut. Von der Tür weiß selbst Sauter nichts.«

Josy konnte es nicht glauben: »Ich denke, der kontrolliert alles supergenau?«

Diana lachte: »Nur, wenn es an seinen Geldbeutel geht. Ansonsten sind wir Pflegekräfte nicht beachtenswerte Kreaturen, die funktionieren müssen. Ich sagte doch, er ist ein Vollarsch. Deshalb haue ich auch ab. Habe schon eine andere Stelle in Aussicht.«

Sabine tippte auf den Zettel: »Wie weiter?«

»Ihr wartet bis genau Viertel vor fünf. Die beiden Mädels der Nachtschicht verdrücken sich dann in das Stationszimmer, schließen die Tür ab und gehen auf Tauchstation.«

Diana drehte Sabine den Rücken zu, umschlang sich selbst mit ihren Armen und machte Kussgeräusche.

Josy prustete los: »Nicht wirklich? Die beiden sind ein Paar?«

»Yepp«, bestätigte Diana und wandte sich ihnen wieder zu. »Ab diesem Moment habt Ihr 15 Minuten Zeit.«

»Was ist dann? Sind die beiden dann fertig mit ihrer Nummer?«, fragte Sabine.

»Nein, aber um fünf Uhr kommt der Wachdienst auf seiner Runde auf diesem Flur vorbei.«

»Scheiße.«

»Genau. Also. Hier der Plan.«

Diana erklärte ihnen die genaue Lage der Zauntür, des Pausenzimmers und vor allem, wo sich Oma Maria befand.

»Sobald Ihr sie habt, nichts wie raus.«

Diana zog aus ihrer Jackentasche einen Schlüsselbund: »Hier. Ihr müsst kurz nach fünf Uhr am Zaun sein. Dann komme ich zur Frühschicht, nehme meine Schlüssel und Ihr verschwindet.«

Josy wollte wissen, warum Diana so einen Nachdruck auf die Uhrzeit legte, woraufhin diese antwortete: »Weil ab 05.15 Uhr die ersten Kollegen antanzen. Die Schlaflosen, die vor Arbeitsbeginn in Ruhe einen Kaffee trinken wollen. Ich will nicht mit reingezogen werden. Ich muss Sauter noch dazu bringen, mir eine vernünftige Abfindung zu zahlen.«

Diana stand auf: »Danke für den Drink. Für alle Fälle habe ich Euch noch etwas mitgebracht.«

Sie griff in ihre Handtasche, die noch größer war als Sabines Tasche, zog eine Plastiktüte heraus. Diana reichte Josy die Tüte und sagte: »Zwei Kittel. Ich bin aber nur an die Schmutzwäsche rangekommen.«

12

Es kostete Robert einiges an Überwindung, die schwarze Jeans und den gleichfarbigen Pullover anzuziehen. Bei den uralten Turnschuhen kam leichter Ekel auf - er hätte nicht daran riechen sollen.

»Egal. Ich muss es versuchen. Erst das Geld und dann hole ich mir das Bild. Irgendwie kriegen wir schon ihre Oma raus.«

Er stülpte sich die dunkelblaue Sturmhaube über, zog sie hinunter. Nachdem sie um seinen Hals lag, riskierte er einen Blick in den Spiegel, zupfte an seinen Haaren herum: »Ich sehe aus wie ein abgefuckter Kleinkrimineller auf der Suche nach Geld für neuen Stoff.«

Er griff nach seiner Sporttasche, in der allerdings keine Sportkleidung lag. Sie war leicht. Ein Schraubendreher, ein kurzes Brecheisen. Mehr hatte er nicht in der Garage gefunden, das für einen Einbruch genutzt werden konnte. Eine halbe Million Euro. Sein Geld. Sauter hatte es hundertprozentig noch in seinem Büro. Ein paar gute Kontakte hatte Robert noch und die hatten ihm geflüstert, dass Sauter das Geld weder auf Firmennoch auf Privatkonten eingezahlt hatte. Sauters Ehefrau hatte die Scheidung eingereicht, lebte aber noch in derselben Villa, also konnte Sauter mit dem Geld dort auch nicht auftauchen.

Drei Uhr morgens. Es wurde Zeit. Eine halbe Stunde Fahrt. Dreißig Minuten hatte er eingeplant, um über den Park bis zum Gebäude vorzudringen. Um genau vier Uhr wollte er einsteigen. Hieß es nicht, das um vier Uhr morgens alle Wächter ihren Tiefpunkt haben? Oder war es drei Uhr?

»Egal«, murmelte Robert. Für drei Uhr war es eh zu spät.

Auf dem Weg zu seinem Auto konnte ihn niemand sehen. Der Vorteil eines Häuschen mit angebauter Garage.

03.30 Uhr. Robert stellte den Motor ab. Der Parkplatz war von der Straße aus nicht zu sehen, grenzte an das Klinikgrundstück, gehörte zu einem Bordell und bot dessen Gästen maximale Diskretion.

Der Park der Klinik war von einem zwei Meter hohen Zaun gesäumt. Robert warf die Tasche in hohem Bogen auf die andere Seite, kletterte hoch. Im Mondlicht wartete er ein paar Sekunden auf dem Boden gekauert. Stille.

Hatten die Hunde? Shit. Er war halt kein Einbrecher. Aber nun war es zu spät. Abbrechen? Nein. Robert dachte an die halbe Million.

Während er sich Baum für Baum näher an die Klinik herantastete, kam ihm Oma Maria in den Sinn. Jetzt nicht, konzentrier dich, ermahnte er sich selbst. Später.

Kurz vor vier Uhr kauerte Robert im Gebüsch vor der Rückseite des Gebäudes. Zwischen ihm und der Klinik lag der drei Meter breite, kiesbedeckte Weg, beleuchtet von Strahlern, die an der Traufe des Daches hingen. Einen Moment lang dachte Robert daran, einen der Strahler mit einem Steinwurf zu zerstören. Doch schnell verwarf er diesen Gedanken, sah sich suchend um. Schließlich erkannte er die Lücke. Sie lag am rechten Gebäudeende, er sah sie erst, als es bereits zehn Minuten nach vier Uhr war. Dicht neben der Gebäudeecke: ein Kellerfenster. Ein dunkler, nicht ausgeleuchteter dreieckig verlaufender Streifen führte von diesem Fenster über den Weg. Am Haus war er nur ein schmaler Strich, zum Park hin wurde er breiter. Breit genug, um ungesehen an die Klinik zu gelangen.

Robert arbeitete sich durch das Gebüsch bis zur schattigen Stelle gegenüber der Hausecke vor. Leise trug der Nachtwind Bellen zu ihm.

Kurz dachte er an Hunde, aber wenn es welche gäbe, hätten sie ihn wohl schon längst aufgespürt.

04.15 Uhr. Robert kniete vor dem Kellerfenster. Aus seiner Tasche nahm er das Brecheisen, doch es war zu groß, er kam damit nicht zwischen Fensterrahmen und Flügel, um es aufzubrechen. Er setzte den Schraubendreher an, hebelte kurz und war überrascht, wie leicht das Fenster aufsprang.

Alles ruhig. Robert kletterte hinein. Er erkannte nun, warum Einbrecher eine Taschenlampe dabei haben. Er tastete sich im Dunkeln vorsichtig durch den Raum, fand die Tür.

Robert benutzte sein Handy, um sich umzusehen. Das Glück war ihm hold: Er war in der Kleiderkammer der Klinik gelandet. Ärztekittel, weiße, kurze Jacken mit passenden Hosen, die erdbraune Uniform des Sicherheitspersonals. Robert griff nach einem Arztkittel, stockte jedoch. Er schüttelte den Kopf und hing ihn zurück. Er würde damit auffallen. Hier arbeitete kein Arzt in den Nachtstunden.

Er betrachtete die Kleidung für das Pflegepersonal, flüsterte: »Auch nicht gut.« Nachtpersonal ist immer reduziert und die kennen sich untereinander. Blieb also nur die braune Scheiße - und die Hoffnung, dass das Pflegepersonal die Sicherheitsleute nicht kannte und er keinem echten Aufpasser in die Hände fiel.

Um 04.25 Uhr schlich Robert aus der Kleiderkammer. Der Flur, in dem er stand, war ein Stichflur, etwa fünf Meter lang. Nur die schwache Notbeleuchtung bescherte ein diffuses Dämmerlicht. Die Kleiderkammer war der letzte Raum in diesem Gang. Der Stichflur mündete in einen Quergang, der nach links und rechts abzweigte. Robert lugte vorsichtig um die Ecke. Alles ruhig, niemand zu sehen. Nach links führte der Gang zur Haupttreppe, über die es zur Eingangshalle ging. Nicht, dass sich Robert auskannte, aber an der Wand stand, von einem schräg nach oben laufenden Pfeil unterstrichenes Wort: Anmeldung.

Rechts endete der Gang nach etwa zwanzig Metern. Ziemlich genau in der Mitte lag die Tür des Aufzugs.

Die Treppe schied aus. In der Eingangshalle würde er den Sicherheitsleuten auffallen, also der Aufzug. Beinahe hätte er den Knopf gedrückt. Gerade noch rechtzeitig kam ihm in den Sinn, dass der Aufzug sicher überwacht wurde. Und selbst, wenn nicht: In jedem Stockwerk war an den Aufzugstüren zu sehen, dass er sich bewegte. Und wer sollte mitten in der Nacht den Aufzug erst in den Keller holen und dann hoch zu Verwaltung in das dritte Obergeschoss fahren?

»Scheiße«, flüsterte Robert und ging den Gang weiter nach hinten, er taugte nicht zum Einbrecher.

Am Ende des Ganges setzte er sich auf den Boden. Er lehnte sich gegen eine schmale Tür, die nachgab. Robert kippte nach hinten. Beinahe hätte er erschrocken aufgeschrien. Plötzlich Schritte. Sie kamen von der Haupttreppe, jemand lief sie herunter. Robert rappelte sich hoch, huschte in den Raum, den er für eine Putzkammer hielt, schloss leise die Tür.

Jemand rief: »Alles in Ordnung hier. Du hast schlecht geträumt, Hans. «

Die Schritte entfernten sich wieder. Robert hörte nicht mehr, wie Peter, so hieß der Wachmann, zu seinem Kollegen sagte: »Ich mache noch eine Außenrunde. Jetzt bin ich sowieso wach.«

Robert entspannte sich, öffnete die Tür wieder einen Spalt, sah sich in der vermeintlichen Putzkammer im schwachen Licht, das vom Flur hereinfiel, um.

Erstaunt erkannte er, dass er sich in keine Putzkammer verkrochen hatte, sondern in einem schmalen Treppenhaus mit Wendeltreppe stand.

»Scheiß drauf«, murmelte Robert, nahm sein Handy aus der Hosentasche und schaltete die Funktion Taschenlampe an. Vorher schloss er jedoch die Tür zum Flur. Die Treppe zog sich in einem Stück bis nach oben durch. Keine Tür im Stockwerk darüber.

Robert stieg hoch. Stufe um Stufe, konzentriert darauf bedacht, kein Geräusch zu verursachen. Er musste jetzt bereits im ersten Obergeschoss sein, aber auch hier keine Tür. Endlich endete die Treppe. Unschlüssig stand Robert vor einer Tür, der einzigen Tür in diesem Treppenhaus, abgesehen von der Kellertür. Wohin würde sie führen? Was war dahinter? Er kämpfte mit sich. Wenn er entdeckt würde, wäre alles aus. Andererseits - Hohenstelzer würde ihn sowieso bei seinem Vater verpfeifen. Eine halbe Million Euro waren kein Pappenstiel. Der Job weg, Enterbung. Keine Chance auch nur irgendwo eine Stelle zu bekommen. Hohenstelzer und sein Vater kannten die gesamte Branche. Da doch lieber wegen Einbruch in den Knast. Dort gab es wenigstens ein Dach über den Kopf und täglich warmes Essen.

Robert atmete tief durch. Einmal. Zweimal. Dreimal. Er drückte die Trüklinke und schob die Tür einen schmalen Spalt weit auf. Dämmerlicht, aber kein Geräusch. Wenigstens etwas, dachte Robert, öffnete die Tür weit genug, um in den dahinterliegenden Raum zu huschen.

»Das gibt es doch nicht«, entfuhr es ihm. Er stand in Sauters Büro. Das war also die schmale Tür hinter der Sitzgruppe. Wo würde Sauter den Geldkoffer versteckt haben?

Robert überlegte: dort, wo ein Aktenkoffer am wenigsten auffällt. Sein Blick fiel auf die in die Wand eingelassenen Schränke mit den deckenhohen Türen. Er öffnete die erste Doppeltür: Regalbretter von oben bis unten. Bücher, Bücher, Bücher.

Die zweite Doppeltür enthielt ebenfalls Regalböden. Allerdings lagen dort nicht nur Bücher, sondern auch Akten und Ausdrucke, deren Papier teilweise am Rand vergilbt war.

Die letzte Tür war eine einzelne Tür. Ein Kleiderschrank. Die oberen beiden Bretter waren bis auf einen Hut leer. Darunter die Kleiderstange. Daran hingen zwei Anzüge, ein Arztkittel und ein Mantel. Robert griff hinein, zwischen Mantel und rechter Seitenwand, schob die Kleider nach links. Polternd fiel ein Regenschirm um. Robert verharrte erstarrt, lauschte. Nach ein paar Sekunden schnaufte er aus, schob die Kleider weiter, presste sie an die linke Seitenwand.

»Ja«, flüsterte Robert. Der Koffer stand an der Rückwand des Schrankes. Er war nicht zu verkennen.

Robert griff danach, stellte ihn neben sich auf den Boden, warf den Schirm wieder in den Schrank und schloss die Tür.

»Vertrauen ist gut, Kontrolle ist besser«, murmelte er und legte den Koffer auf den Besprechungstisch. Mit der Hand dämpfte er das Geräusch der aufschnappenden Schlösser. Eine halbe Million Euro. Es war Zeit zu gehen. Er verstaute den Geldkoffer in seiner Sporttasche.

Minuten später stand Robert wieder in der Kleiderkammer. Die Maskerade hätte er sich sparen können, er war niemanden begegnet. Wenn ihn der Wachmann erwischt hätte, hätte ihm die Uniform auch nichts genutzt. Robert verzichtete darauf, das Hemd und die Hose auf die Kleiderbügel zu hängen. Früher oder später würde sowieso jemand das aufgebrochene Kellerfenster entdecken.

Robert legte seine Tasche mit dem Geldkoffer und Werkzeug auf das Metallregal neben dem aufgebrochenen Fenster und kletterte hinaus. Er drehte sich, kaum draußen, und hangelte seine Tasche vom Regal, geduckt lief er los, um im Gebüsch zu verschwinden.

Wollte er jedenfalls.

Das Licht der Taschenlampe blendete ihn, reflexartig hob er die freie Hand vor sein Gesicht. Robert erkannte die Stimme, es war die des Wachmannes, der in den Keller gekommen war, die ihn anschrie: »Keine Bewegung! Oder ich lasse den Hund von der Leine.«

Robert spurtete los. Peter schrie: »Hol ihn, Hasso!«

Maria, deren neues Zimmer sich genau über dem Kellerfenster befand, wachte auf. Es dauerte ein paar Sekunden, bevor sie realisierte, dass sie von dem Lärm vor ihrem Fenster geweckt worden war.

Robert rannte, das Knurren näherte sich. Noch ein Meter bis zum Gebüsch - Robert knallte zu Boden. Der Hund hatte seinen Weg gekreuzt und er war über ihn gestolpert.

Maria öffnete das Fenster, umfasste mit beiden Händen die Gitter, presste ihr Gesicht gegen den kalten Stahl.

Der Schäferhund rappelte sich schneller auf als Robert, stand über ihm. Geifer tropfte Hasso von den Lefzen.

Peter rief: »Hier rüber, Hans.«

Die beiden Wachmänner rissen ihn hoch. Derjenige, der Peter hieß, hob die Reisetasche auf, die Robert aus der Hand gefallen war. Diesmal leuchtete ihm der andere Wachmann mit einer ebenso riesigen Lampe ins Gesicht.

Maria rief laut: »Was ist da los?«

Drei Köpfe ruckten hoch, Peter schrie: »Verschwinde wieder im Bett, Du Irre.«

Maria hielt sich erschrocken die Hand vor den Mund und flüsterte: »Oh Gott.«

Die beiden Wachmänner, deren Oberarme in etwa denselben Umfang hatten wie Roberts Oberschenkel, schleppten ihn in ihr Büro. An jeder Seite hatte ihn einer der Gorillas am Oberarm fest im Griff, hinter ihm hechelte der Schäferhund.

Hans stellte Roberts Sporttasche auf seinen Schreibtisch, öffnete sie und zog den Aktenkoffer heraus. Er pfiff durch die Zähne: »Hey, den kenne ich. Der gehört dem Chef.«

Peter fragte: »Woher willst Du das wissen?«

»Ich kam gestern in sein Büro, da lag er offen auf seinem Schreibtisch. Aber er schloss ihn sofort, ich konnte nicht sehen, was drin ist.«

»Dann sehen wir jetzt nach«, schlug Peter vor.

Hans widersprach: »Bin ich des Teufels?« Er deutete in eine der Raumecken. Dort hing an der Decke eine Kamera. »Wenn Sauter morgen die Aufzeichnung von heute Nacht kontrolliert und sieht, wie wir den Koffer öffnen, können wir uns einen neuen Job suchen.«

Peter griff nach dem Telefon: »Ich rufe die Polizei.«

Wieder stoppte Hans Peters Tatendrang: »Das machst Du nicht. Die Bullen öffnen garantiert den Koffer, wegen dem der Typ hier eingebrochen ist.«

»Was dann?«

Robert versuchte sein Glück: »Jungs. Lasst mich laufen. Ist gut Kohle für Euch drin.«

Die Antwort kam gleichzeitig aus zwei Mündern: »Halts Maul!«

Nun nahm Hans den Telefonhörer in die Hand, las die Nummer, die er wählte, von einer Liste ab. Es dauerte ein paar Sekunden, bevor er sprach: »Entschuldigen Sie bitte, Herr Dr. Sauter. Kaminski hier. - Ja, natürlich. Ich würde Sie nie stören, wenn es nicht wichtig wäre. Wir haben einen Einbrecher auf frischer Tat ertappt. - Verzeihen Sie, aber ich bin nicht sicher, ob die Polizei anzurufen, das ist, was Sie wollen. - Er hat einen Aktenkoffer aus Ihrem Büro gestohlen. - Dachte ich mir. -«

Hans Kaminski legte auf und sagte zu Peter: »Der Alte kommt.«

Robert wurde schlecht.

13

Josys Hand zitterte: »Ich habe Schiss, Sabine. Wenn die uns erwischen? Wenn uns Diana reingelegt hat? Wenn ..«

Sabine nahm ihrer Freundin den Schlüsselbund ab: »Wenn, wenn, wenn. Das hilft uns jetzt auch nicht weiter. Die Uhrzeit?«

»Vier Uhr fünfundvierzig«, flüsterte Josy.

Langsam schob Sabine die Tür auf, die kaum als solche zu erkennen war. Sie schlichen über den schmalen Fußpfad und standen kurz darauf nur wenige Meter vor dem Gebäude neben einem Baum. Der Pfad führte direkt auf eine Tür im Haus zu. Rechts daneben ein Busch, der sich im Wind wiegte, links daneben ein beleuchtetes Fenster. Sie sahen den Schatten eines Menschen, duckten sich unwillkürlich. Plötzlich verlosch das Licht im Pausenraum.

»Jetzt!«, flüsterte Sabine und spurtete los. Josy verharrte im Schatten des Baumes. Das konnte nicht funktionieren. Sabine kam zurück: »Jetzt komm! Oder ich schreie alle zusammen und behaupte, Du hättest mich unter der Androhung mich zu vergewaltigen, gezwungen, Diana den Schlüsselbund zu klauen und hier einzubrechen.«

»Das würdest Du nie tun.«

»Doch. Ist Maria jetzt eigentlich meine Oma oder Deine?«

»Du hast ja recht«, flüsterte Josy und folgte ihrer Freundin.

Sabine sperrte die Eingangstüre auf. Sie musste etwas kräftiger ziehen, die Tür war mit einem Türschließer ausgestattet. Die beiden Frauen schlichen sich in den Pausenraum und gingen schnurstracks zur gegenüberliegenden Zimmertür, die auf den Flur führen sollte. Langsam schloss sich hinter ihnen die Eingangstür - jedoch nicht gänzlich, ein Ast hatte sich zwischen

Türblatt und Zarge geklemmt, verhinderte, dass die Tür ins Schloss fiel. Weder Josy noch Sabine bemerkten dies.

»Los, die Kittel«, Sabine nahm Josy die Plastiktüte aus der Hand und zog die Schwesternkittel, die sie von Diana bekommen hatten, heraus. Sie warf einen Josy zu, die sofort die Nase rümpfte: »Iiih, die stinken.«

Doch sie tat es Sabine gleich, zog ihn an. Sabine presste ein Ohr an das Türblatt, sie hatte genug Agentenfilme gesehen, um an der Tür zum Flur zu lauschen, bevor sie diese öffnete. Josy machte sich vor Angst fast in die Hose, drückte sich eng an Sabine. Nach Dianas Angaben lag rechts von ihnen das Stationszimmer, indem sich gerade das Schwesternpärchen vergnügte. Hoffentlich. Sabine befreite sich von Josy, kramte die Skizze, die sie von Diana bekommen hatten, und eine kleine Taschenlampe aus ihrer Jackentasche.

»Was?«, fragte Josy.

Sabine leuchtete auf die Skizze: »Sicherheitshalber noch orientieren. Die Patientenzimmer liegen alle auf der linken Seite des Flurs. Das erste Zimmer von hier aus hat die Nummer 10, Maria ist also im dritten Zimmer von uns aus gesehen. Wie viel Zeit haben wir noch?«

Josy sah auf ihre Armbanduhr: »12 Minuten.«

Sabine meinte: »Das reicht nicht.«

»Wenn Du noch länger quatscht, dann nicht.«

»Ich meine, die Zeit reicht nicht aus, Maria aus dem Bett zu holen, sie anzuziehen und zu verschwinden. Du weckst Maria. Halt ihr aber gleich den Mund zu, nicht dass sie uns aus Versehen verrät. Ich hole aus dem Kleiderschrank, der ja irgendwo im Zimmer sein muss, ein paar Klamotten und dann hauen wir ab. Maria kann sich draußen anziehen.«

»11 Minuten.« Josy wurde zuversichtlicher, wenn auch ihre Nervosität nicht geringer wurde.

Sabine legte die Hand auf den Türgriff, wollte die Tür öffnen.

Plötzlich Kichern im Flur: »Du hast doch auf mich gewartet, Ruth?«

Gedämpft die Stimme einer Frau, die vermutlich älter war als die Schwester, die gekichert hatte: »Aber das letzte Mal. Wenn Du wieder so lange zum Aufknöpfen brauchst, mache ich es in Zukunft selber.«

Das Kichern wurde leiser, eine Tür fiel ins Schloss.

Sabine schob die Pausenraumtür auf: »Endlich. Jetzt aber.«

Von rechts hörten sie verhaltenes Stöhnen durch die rot gestrichene Tür mit der Aufschrift ‚Stationszimmer'. Sabine grinste, schlich zügig bis zur dritten Tür links. Sie kontrollierte die Zimmernummer, während sie schon aufsperrte: »3.08, stimmt.«

Sie huschten in den Raum, Josy zog sofort die Tür wieder zu. Sabine knipste ihre Taschenlampe an. Langsam wanderte der kleine Lichtkreis über den Fußboden, erreichte das Bett. Oma Marias Schnaufen wurde schneller, ihre Hand umklammerte den Rufknopf. Das Licht wanderte weiter, beleuchtete jetzt Marias Hand am Notrufknopf.

Zur selben Zeit überlegte Robert im Büro des Sicherheitsdienstes, wie er seine beiden Wächter überlisten könnte.

Maria Winkler zischte: »Raus oder ich rufe die Schwester.«

Sabine leuchtete Maria nun ins Gesicht.

Josy rief erschrocken: »Nicht, Oma! Ich bin es: Josephine.«

Maria ließ den über dem Bett baumelnden Rufknopf los, tastete mit der Hand nach dem Lichtschalter an der Wand.

Erstaunt sagte sie: »Josephine? Leuchte mir nicht in die Augen. Ich mach das Licht an.«

Schnell ging Josy zu Maria, umarmte sie: »Oma, schnell, wir holen Dich raus.«

Sie half Maria aufzustehen, während Sabine im Schrank wahllos Rock, Bluse und Jacke zog.

»Kindchen. Was machst Du nur? Willst Du mich schon wieder entführen?«

»Oma! Du kommst sonst nie wieder hier raus. Wir müssen es tun.«

Maria zupfte an ihrem Nachthemd: »Ich muss mich erst anziehen. So kann ich doch nicht auf die Straße gehen.«

Sabine stand mit den Kleidern in der Hand schon an der Tür: »Dafür haben wir keine Zeit mehr. In weniger als acht Minuten müssen wir verschwunden sein, sonst kriegen sie uns.«

Maria erkannte den Ernst der Lage, folgte ihrer Enkelin zur Tür.

Sabine drückte auf die Türklinke.

Die Tür öffnete nicht.

Sabine drückte erneut, energischer.

Doch die Tür ließ sich noch immer nicht öffnen.

Maria wusste, warum nicht: »Du musst den Schlüssel nehmen, mit dem Ihr hereingekommen seid. Das ist ein Gefängnis. Ohne Schlüssel geht es hier weder rein noch raus.«

»Nein«, rief Sabine.

Sie taumelte gegen die Wand.

»Was nein? Du hast doch nicht ...« fragte Josy, die eine schreckliche Ahnung hatte.

»Doch. Der Schlüssel steckt«, flüsterte Sabine.

Josy schrie entgegen ihrer Erkenntnis: »Dann sperr auf.«

Sabine sah zu Josy: »Außen. Ich habe ihn außen stecken lassen.«

Maria nahm Sabine die Kleider aus der Hand: »Dann habe ich ja jetzt Zeit, mich anzuziehen.«

14

Roberts Bewacher schlürften Automatenkaffee. Sie hatten ihm angeboten, ebenfalls einen Becher voll zu bekommen, wenn er auspackte, warum er eingebrochen war. Doch Robert hatte sich entschlossen, zu schweigen und darüber nachzudenken, wie er mit Sauter umgehen würde.

Plötzlich wurde die Tür aufgerissen. Der Wachmann mit dem Namen Hans Kaminski erschrak sich derart, dass er sich den Kaffee über die Hose schüttete.

Sauter warf die Tür ins Schloss: »Gust. Natürlich. Wer sonst hätte die Unverfrorenheit, hier einzusteigen.«

»Lassen Sie mich mit meinem Geld gehen«, forderte Robert.

»Ui«, erstaunte sich der andere Wachmann, »er kann ja reden.«

»Halten Sie den Mund, Rüdesheimer!«, fuhr ihn Sauter an.

Zu Robert gewandt fragte er höhnisch: »Warum sollte ich Sie gehen lassen?«

Ohne eine Antwort abzuwarten, wendete er sich Kaminski zu: »Wo ist der Koffer?«

Eifrig bückte sich Kaminski und zog den Koffer hervor, den er in den Spalt zwischen Aktenschrank und Wand geschoben hatte. Sauter riss den Koffer förmlich aus Kaminskis Händen: »Sie haben nachgesehen, was er enthält?«

Deutlich schielte er dabei zur Deckenkamera.

»Natürlich nicht, Chef, Dr. Sauter. Der Inhalt geht uns doch nichts an«, versicherte ihm Kaminski.

»Sehr gut. Und nun zu Dir, Gust.«

»Was wollen Sie machen, Sauter? Mich an die Polizei ausliefern?«

»Warum nicht?«

Robert verzog den Mund: »Ich denke, das Finanzamt wird sich für Ihre Konten interessieren, wenn ich berichte, dass sich in dem Koffer eine halbe Million Euro befindet, die Sie unterschlagen haben.«

Rüdesheimer und Kaminski starrten sich gegenseitig an. Sauter verlor kurz die Gesichtsfarbe, dann hatte er sich wieder im Griff: »Kaminski, Rüdesheimer. Sie bekommen beide jeweils 20.000 Euro, sobald die Sache hier vorbei ist. Sollte ich aussagen müssen, dürfte der Staatsanwalt wohl eher mir als zwei vorbestraften Einbrechern glauben.«

Rüdesheimer stotterte: »Sie-sie wissen?«

»Glauben Sie ernsthaft, ich würde nicht alles über meine Mitarbeiter wissen? Sind Sie einverstanden?«

Kaminski stieß seinem Kollegen den Ellbogen in die Rippen: »Natürlich, Herr Dr. Sauter. Wir wissen von gar nichts.«

»Nun, Gust. Bis es so weit kommt, dass jemand nachfragt, ist das Geld schon längst an eine sichere Stelle verbracht. Ist es nicht eher so, dass Sie erklären müssen, was mit den 500.000 Euro von Ihrem Konto geschehen ist und warum Sie einbrachen und ...«

Sauter griff mit der behandschuhten Hand in seine Jacketttasche, zog ein kleines Tütchen hervor, wedelte damit in der Luft. Er grinste Robert an: »Was die Polizei davon hält, das hier in Ihrer Einbruchstasche zu finden? Natürlich hat niemand von uns in die Tasche gegriffen. Das überlassen wir als gesetzestreue Bürger natürlich den Beamten.«

Er warf das Kokaintütchen Kaminski zu, der es sofort in Roberts Sporttasche steckte und den Reißverschluss der Seitentasche schloss.

Sauter wollte von seinen Mitarbeitern wissen, ob sie die ganze Zeit Handschuhe getragen hätten, was beide bejahten und Sauter veranlasste, festzustellen: »Manchmal macht es wirklich Sinn, Verbrecher einzustellen.«

Robert sprang auf, erhielt aber sofort einen Schlag gegen die Brust, der ihn zurück auf den Stuhl warf. Er japste nach Luft. Dann rieb er sich den Brustkorb.

Rüdesheimer knurrte ihn an: »Lass das.«

»Damit werden Sie niemals durchkommen, Sie Verbrecher«, keuchte Robert.

Sauter strahlte ihn an, hob den Koffer hoch und lachte: »Doch, mein Lieber. Wer ist denn von uns beiden der Verbrecher? Ich wurde nicht dabei ertappt, wie ich in eine Klinik eingebrochen bin. Ach ja - wo ist er denn eingestiegen?«

Kaminski antwortete: »Durch das Kellerfenster der Kleiderkammer.«

»Es ist beschädigt?«

»Ja, es wurde mit einem Schraubendreher aufgestemmt.«

»Sie fassten Gust im Gebäude?«

»Ähhm«, Kaminski räusperte sich mehrmals.

Sauter zog die linke Augenbraue hoch, legte den Kopf leicht schräg und starrte Kaminski schweigend an. Dieser räusperte sich noch einmal, dann gestand er: »Wir, also Peter, ich meine Herr Rüdesheimer ...«

»Jaaaa?«

»Herrn Rüdesheimer fiel das aufgebrochene Fenster bei seinem Rundgang auf. Wir stellten ihn, als er abhauen wollte.«

Sauter lachte: »Sehr gut.«

»Sie sind nicht sauer?«, wunderte sich Rüdesheimer.

»Aber nein - vorausgesetzt Sie beide tun jetzt genau das, was ich Ihnen sage. Gehen Sie in den Keller und verriegeln Sie die Tür der Kleiderkammer vom Flur aus. Verwüsten Sie den Raum vorher ein kleines bisschen. So, als hätte unser Einbrecher seine Wut ausgelassen, weil er nicht weiter kam. Es muss echt aussehen. Sie kennen sich ja mit der Vorgehensweise aus.«

Rüdesheimer verließ den Raum, Kaminski zog Robert hoch.

Sauter wusste jetzt, wie er es machen wollte und befahl: »Kaminski! Sie bringen unseren Gast in Zimmer 3.06, das ist frei. Ich leiste Ihnen Gesellschaft.«

»3.06? Ist das nicht übertrieben?«

»Nein, Kaminski. Wir warten dort, bis alles vorbereitet ist, dann rufen wir die Polizei. Wir müssen uns doch vor diesem gewalttätigen Menschen schützen.«

15

»Sie können mich nicht einfach fesseln und knebeln, Sauter. Das ist Freiheitsberaubung. Sie landen im Gefängnis.«

Robert hatte bereits mehrmals erfolglos versucht, sich aus Kaminskis Griff zu befreien. Das Einzige, was er erreichte, war, dass Kaminski ihm einen Kinnhaken gegeben hatte. Der grobschlächtige Wachmann lag jetzt mit seinem Oberkörper auf Robert und band dessen Hände an das Gestell der Pritsche.

»Oh, das ist ein Missverständnis. Und das Knebeln können wir uns doch hoffentlich sparen«, stellte Sauter fest, »Wir nennen das - *Fixierung*. Diese Maßnahme dient natürlich nur dem Wohle der Patienten. Sie wissen es vermutlich nicht, Gust, aber manche unserer Gäste, insbesondere natürlich gewalttätige Menschen, wie Sie einer sind, neigen dazu, sich selbst zu verletzen. Ich schütze Sie somit nur vor sich selbst.«

Sauter nahm den Schraubendreher aus Roberts Sporttasche, drehte ihn geschickt in seinen Händen.

Kaminski band Roberts Fußgelenke an die Liege, richtete sich auf, sah fragend seinen Boss an: »Und nun?«

Sauter fragte Kaminski: »Wollen Sie es selbst tun oder soll ich es machen?«

Begriffsstutzig fragte Kaminski: »Was?«

»Das!«, sagte Sauter ruhig und rammte seinem Mitarbeiter das Werkzeug in den linken Unterarm, zog es wieder heraus und warf es blutig wie es war zurück in die Sporttasche.

Kaminski stöhnte auf: »Scheiße, was soll das?«

Ungerührt deutete Sauter auf den Verbandkasten an der Wand: »Verbinden Sie sich die Wunde, die Ihnen unser Einbrecher zugefügt hat.«

Robert rüttelte an den Lederbändern, die sich um seine Hand- und Fußgelenke spannten: »Dafür werden Sie büßen.«

Sauter lachte: »Sie langweilen mich. Diesen Punkt hatten wir doch schon. Sie haben, als mein Mitarbeiter Sie erwischte, ihn sofort mit dem Schraubendreher angegriffen. Entspannen Sie sich. Sobald die Polizei informiert ist, gehe ich.«

Robert schloss die Augen. Aus. Es war alles aus. Er hätte auf das Geld pfeifen und erst Maria Winkler befreien sollen. Sollte er jemals hier herauskommen, würde er seine Prioritäten neu ordnen. Unbewusst lachte er auf, neu ordnen müssen.

Sauter quittierte sein Lachen mit der Bemerkung: »Hört sich an, als gewännen Sie langsam Spaß an der Sache, Gust. Kaminski?«

»Ja, Chef«, antwortete der Angesprochene, der eben mit dem Verbinden seiner Wunde fertig geworden war.

Sauter öffnete die Tür zum Flur: »Kontrollieren Sie die Verwaltungsräume und bringen Sie alles in Ordnung. Es darf keine Spur seines Einbruchs in mein Büro geben, verstanden?«

Kaminski antwortete: »Klar, Chef. Soll ich die Tür zu Ihrer Privattreppe absperren oder sie offen lassen?«

»Sie wissen davon?«

»Ich kenne jeden Winkel dieses Hauses. Die Nächte sind lang hier. Lang und einsam auf den Rundgängen.«

»Lassen Sie die Tür unverschlossen. Fangen Sie oben in meinem Büro an und gehen Sie über mein Treppenhaus in den Keller. Holen Sie Rüdesheimer ab und kommen Sie mit ihm wieder zu mir. Beeilen Sie sich.«

Mit einem Kopfnicken verabschiedete sich Kaminski.

Sauter nahm nun Platz auf dem einzigen Stuhl im Raum, stellte den Aktenkoffer mit dem Geld daneben ab und sagte: »Nun, da wir jetzt unter uns sind: Mit Ihrer Aussage, dass ich hier gewesen wäre, werden Sie ganz alleine stehen. Sie sollten sich also genau überlegen, was Sie der Polizei sagen werden. Wer weiß? Vielleicht sehen wir uns schon in ein paar Tagen wieder? Wenn ich mit Richter Rottner rede, hat er vielleicht ein Einsehen, erspart Ihnen das Gefängnis auf mein Fürbitten und schickt Sie als schwer geschädigten Menschen zu mir in die Therapie? Sie werden sich sicherlich sehr wohl fühlen bei uns. Sie kennen ja bereits mein Lieblingsbehandlungszimmer. Zu bedauerlich, dass wir keinen Champagner hier haben. Ich würde gerne mit Ihnen auf die kommenden Jahre anstoßen. Oh, entschuldigen Sie, ich vergaß - Sie können ja im Moment kein Glas halten. Vielleicht ergibt sich ja ...«

Das melodische Pfeifen der Rufanlage unterbrach Sauter.

»Was hast Du gemacht?«, schrie Josy zwei Zimmer weiter.

Oma Maria nahm die Hand vom Rufknopf, setzte sich auf den Rand des Bettes: »Jetzt kommt wenigstens jemand.«

Sabine starrte sie entgeistert an: »Das war es aber dann für uns alle drei.«

Oma Maria klopfte mit der Hand auf ihren Oberschenkel. Josy und Sabine folgten der Aufforderung, setzten sich zu ihr. Als sie noch Kinder waren, war dies das Zeichen, dass Oma ihnen ein Märchen erzählen würde. Doch Oma Maria begann diesmal kein Märchen, sondern beendete etwas, was fast wie ein Märchen hätte ausgehen können: »Ihr habt es versucht. Das ist lieb von Euch. Aber es scheint so, als solle es nicht sein. Was wollen wir denn machen? Die Fenster sind vergittert, die Tür ist unmöglich ohne Schlüssel zu öffnen und um sechs Uhr käme sowieso eine Schwester oder ein Pfleger zum Wecken. Wir beschleunigen die Sache nur etwas.«

Im Stationszimmer lösten sich die beiden Frauen voneinander. Hektisch ordneten sie ihre Kleider, strichen sich mit den Händen durch die Haare. Jessy, die jüngere der beiden Frauen, hob ihren Kittel vom Boden auf. Fast gleichzeitig streiften die beiden Frauen ihre Jacken über. Am Anzeigetableau blinkte die

Lampe über dem Schildchen mit der Aufschrift ‚3.08' rot. Jessy schaltete den Monitor ein, wurde jedoch von ihrer Kollegin Ruth aufgefordert: »Komm mit. Die Kamera ist in 06, nicht in 08. In 08 ist diese harmlose Alte untergebracht. Schauen wir nach, welcher Furz sie plagt.«

Sie gingen aus dem Stationszimmer, sahen nicht mehr, wie sich das Bild des Monitors stabilisierte. Jessy war noch so - durcheinander, dass sie vergaß, die Stationszimmertür zu schließen. Über der Tür zu Marias Zimmer blinkte ebenfalls eine rote Lampe. Ruth zog im Laufen ihren Schlüsselbund aus der Kitteltasche.

Vor dem Patientenzimmer sah sie jedoch, dass bereits ein Schlüssel im Schloss steckte.

Sie fragte streng: »Jessy, hast Du Deinen Schlüssel stecken lassen?«

Jessy verteidigte sich spontan: »Natürlich nicht.«

Doch der Griff in ihre Kitteltasche strafte ihre Worte Lüge. Die Tasche war leer, kein Schlüssel. Unter Ruths Blick weiteten sich ihre Augen.

»Das ist mir noch nie passiert«, rechtfertigte sie sich.

Ruth zog den Schlüssel aus dem Schloss, gab ihn Jessy mit den Worten: »Pass auf, dass Dir das nicht noch mal passiert. Wenn der Nachtwächter auf dem Rundgang ihn findet, ist die Hölle los und ich kann mir eine neue Nachtbegleitung suchen. Wir sollten uns bei der Alten bedanken.«

Sie öffnete nun mit ihrem eigenen Schlüssel die Tür, schritt hinein, Jessy ging dicht hinter ihr in den Raum.

Ruth blieb so abrupt stehen, dass Jessy gegen sie prallte. Auf dem Bett saß nicht nur die Patientin. Zwei Frauen in Stationskleidung grinsten sie an.

Verdattert fragte Ruth: »Was, was machen Sie hier? Sie arbeiten doch nicht hier.«

Maria lächelte: »Schön, dass mich meine Enkelinnen besuchen, bevor sie auf die Arbeit gehen müssen, nicht?«

Ruth hatte sich wieder im Griff: »Ich kenne Sie nicht. Wie kommen Sie hier herein?«

Maria drückte die Hände von Sabine und Josy so fest sie konnte. Die beiden durften jetzt nichts sagen. Maria lächelte weiterhin: »Nun. Einen Schlüssel stecken zu lassen, entspricht sicher nicht den Vorschriften, oder? Aber die beiden waren ja so lieb und haben ihn dort gelassen, damit Sie, Schwester Ruth, ihn finden, bevor es jemand anders bemerkt und mich gebeten, den Rufknopf zu drücken.«

»Das beantwortet nicht meine Frage. Jessy, ruf den Chef an.«

Zur selben Zeit wurde Sauter in Zimmer 3.06 unruhig. Irgendetwas stimmte nicht. Warum war die Rufanlage noch nicht zurückgestellt? Hatten diese lesbischen Nachtschwestern sich noch nicht darum gekümmert? Es half nichts, er musste selbst nachsehen. Nicht auszudenken, wenn ausgerechnet heute Nacht einer der Patienten sich umbrachte oder womöglich Schlimmeres anstellte. Er stand auf, richtete seinen ausgestreckten Zeigefinger auf Robert: »Sie bewegen sich keinen Millimeter, verstanden?«

Robert rang sich ein Grinsen ab: »Scherzbold. Soll ich Sie nicht besser begleiten? Wie sieht das denn aus, wenn tatsächlich ein toter Patient in seinem Blut liegt und Sie die einzige Person sind, die ihm Raum ist?«

Sauter stutzte tatsächlich einen Moment, dann stürmte er kopfschüttelnd aus dem Raum. Robert war alleine. Keine Wächter, kein Sauter. Der Koffer zum Greifen nahe und doch war er hilflos.

16

Diana kam pünktlich. Sie sah sich um, keine Spur von Josy, Sabine oder der alten Dame. Unruhig lief sie auf und ab, wartete eine Minute. Noch eine weitere Minute und sie wurde sauer: Wieso hatten die beiden die Tür offen stehen lassen? Und, verdammt noch mal, wo blieben sie? Ihnen lief die Zeit davon.

Diana hatte nur die Wahl, von ihren Kollegen hier entdeckt zu werden oder hineinzugehen, um wieder an ihren Schlüsselbund zu gelangen. Sie entschloss sich, nicht länger untätig zu bleiben. Sollten sie ihr auf dem Weg begegnen, müssten sich die drei Frauen eben im Gebüsch verstecken, bis die Frühschichtler durchgegangen waren. Diana würde sie dann später hinauslassen. Sie zog die Zauntür hinter sich zu.

Niemand begegnete ihr auf dem Weg zur Klinik. Diana wartete einen Moment an demselben Baum, an dem vorher Josy beinahe wieder umgekehrt wäre.

»Mist«, flüsterte sie, als sie erkannte, dass die Pausenraumtür nur angelehnt war; offengehalten von einem Zweig des Busches.

»Es hilft alles nichts«, sprach sie sich selbst Mut zu, »etwas ist schief gegangen. Ich muss rein.«

Die ersten zwei Schritte ging sie gebückt, dann kam ihr in den Sinn, dass es ja fast ihre normale Dienstzeit war. Sie konnte hineinspazieren wie sonst auch. Wäre nur noch die Sache mit dem Schlüssel.

Als sie im Flur stand, sah sie die Misere: Über Zimmer 3.08 blinkte die rote Lampe. Die Tür des Stationszimmers stand offen. Sie huschte in das leere Stationszimmer, zog die Tür ins Schloss. Ein schneller Rundumblick, der Monitor wurde nur eingeschaltet, wenn ein Patient fixiert werden musste. Sie betrachtete das Bild der Überwachungskamera im Fixierraum: Ein Mann lag angeschnallt auf der Pritsche. Doch das war es nicht, was sie irritierte.

»Ist das der Sauter?«, murmelte sie und trat etwas näher an den Monitor heran. Doch in dem Moment hatte der Mann den Raum schon verlassen. Diana drückte am Rekorder auf die Stopptaste. Dadurch wurden die letzten vier Stunden der Daueraufnahme gespeichert. Ein weiterer Tastendruck. Es dauerte ein paar Sekunden, dann warf der Rekorder die CD aus. Um sie zu entnehmen, musste Diana einen Schritt näher an den Tisch treten. Dabei stieß sie mit ihrem Schuh gegen einen Gegenstand, der klappernd unter den Tisch rutschte. Diana nahm erst die CD aus dem Fach, ließ sie in ihre Jackentasche gleiten, bevor sie auf den Knien unter den Tisch kroch.

»Was haben wir denn da?«, wunderte sich Diana erfreut und angelte sich den Schlüsselbund.

»Was machen Sie da?«, rief Jessy, die in das Zimmer gekommen war, um Dr. Sauter anzurufen.

Diana erschrak, schlug sich den Kopf an. Ihn reibend kroch sie unter dem Tisch hervor, hielt den Schlüsselbund hoch: »Guten Morgen, Jessy. Mir ist der Schlüsselbund heruntergefallen. Ich habe Frühdienst, bin etwas früher dran als sonst.«

»Ach so«, entspannte sich Jessy und griff nach dem Telefon.

»Wen willst Du denn anrufen?«, fragte Diana.

Jessy antwortete, während sie tippte: »Den Chef, wir haben seltsame Besucherinnen.«

»Legen Sie auf!«, donnerte Sauter in diesem Moment von der Tür her, bevor Diana etwas sagen konnte, »Sie wecken nur meine Frau auf.«

Jessy erstarrte mit offenem Mund.

Diana nahm ihr den Hörer aus der Hand, legte auf und begrüßte fröhlich ihren Chef: »Guten Morgen, Herr Dr. Sauter. Sie schon so bald im Haus?«

Seine Miene entsprach nicht gerade der eines gut gelaunten Vorgesetzten. Dementsprechend klang er auch: »Lassen Sie den Blödsinn. Was ist hier los?«

Diana gab die Arglose: »Keine Ahnung. Ich bin eben erst gekommen. Frühschicht.«

Sie drückte sich an Sauter vorbei: »Ich gehe mich umziehen.«

Sauter wandte sich an Jessy: »Jessica! Würden Sie mir bitte erklären, was hier los ist. Und wo ist Ruth?«

Diana ging langsam an Zimmer 3.08 vorbei. Ruth bewachte die drei Frauen, stand mit dem Rücken zur Tür. Diana hob den Schlüssel hoch, grinste, ging aber weiter.

Jessica konnte es ihrem Chef nicht erklären: »Also, ich weiß es nicht. Am Besten gehen Sie in das Zimmer und machen Sie sich ein ...«

Sauter hörte nicht mehr zu, lief den Flur entlang zu 3.08.

»Was ist hier los?«, fragte er streng.

Ruth drehte sich um, gab den Blick auf Maria, Sabine und Josy frei, sah ihren Chef jedoch wie einen Geist an: »Wie können Sie so schnell hier sein?«

Sauter beachtete sie jedoch nicht. Mit weit aufgerissenen Augen blickte er auf das Bett, sah Josy an: »Sie sind doch - Sie geben wohl nie auf, was?«

Kaminski und Rüdesheimer kamen von ihren Aufträgen zurück und drängten nun ebenfalls in das Zimmer, in dem es langsam eng wurde. Kaminski polterte los: »Chef, alle Spuren sind verwischt. Im Keller ist auch alles klar.«

»Mund halten! Stellen Sie sich an das Bett und passen Sie auf, dass die Damen nicht entwischen!«, knurrte Sauter, woraufhin sich die beiden Wachmänner am Fußende von Marias Bett platzierten. Sauter wandte sich an die Pflegekräfte: »Schwester Ruth. Sie und Schwester Jessica gehen sofort auf das Stationszimmer. Halten Sie alle zum Dienst kommenden Kollegen auf und machen Sie eine ganz normale Übergabe. Keine besonderen Vorkommnisse. Ich will niemanden auf dem Flur sehen, bis ich es wieder erlaube.«

»Aber ...«, begann Ruth.

Sauter brüllte sie an: »Nichts aber! Tun Sie, was ich sage, Sie lesbische Schlampe. Oder möchten Sie, dass Ihr Mann von Ihrer kleinen Freundin erfährt?«

Rüdesheimer grinste dümmlich. Ruth packte Jessica an der Hand, reckte das Kinn vor, schritt hinaus, wobei sie mit fester Stimme verkündete: »Wir lassen uns das nicht bieten! Sie hören von mir.«

»Aber Ruth«, begehrte Jessica schwach auf, ließ sich jedoch hinausziehen.

Bevor Diana die Tür zu Raum 3.06 öffnete, sah sie den Flur entlang. Ruth und Jessica stolzierten, ohne sich umzublicken, in Richtung Stationszimmer. Diana betrat den Fixierraum.

Robert verzog keine Miene, sondern fragte: »Und? Was sollen Sie tun? Kleine Unterhaltung auf Kosten des Hauses? Sauter wird doch nicht nett werden?«

Diana konterte: »Wenn es um Unterhaltung geht, dann sind Sie für mich da. Darf ich fragen, warum Sauter Sie so hübsch verpackt hat? Ein Geschenk für mich?«

»Sie wissen es nicht?«

»Nein. Ich bin erst vor ein paar Minuten hier angekommen.«

Robert schöpfte Hoffnung: »Sauter hält mich ohne Grund gefangen. Schnallen Sie mich los.«

»Ach? Warum sollte ich das tun?«

»Weil ich unschuldig bin und nur hier liege, weil Sauter ein Dieb ist.«

Diana grinste unverschämt: »Und das soll ich Ihnen abnehmen?«

»Bitte. Glauben Sie mir. Ich wurde nicht eingeliefert. Sauter hat mich betrogen und ich wollte mir mein Geld zurückholen - und eine alte Dame befreien.«

Diana zweifelte: »Ihr Geld zurückholen? Jemanden befreien?«

»Sehen Sie den Koffer?«

»Ja.«

»Öffnen Sie ihn. Es befindet sich eine halbe Million Euro drin.«

Diana sah zu dem Koffer: »Oh. Eine Frage habe ich noch: Haben Sie etwas mit zwei Frauen zu tun, die ebenfalls eine gewisse alte Dame abholen wollen?«

»Josy und Sabine. Die alte Dame ist Maria Winkler. Was haben Sie damit zu tun?«

»Nun. Josy und Sabine sind heute Nacht ebenfalls hier. Bei Frau Winkler. Dummerweise ist Sauter jetzt bei den Damen.«

Robert rüttelte an seinen Fesseln: »Schnallen Sie mich sofort los!«

Diana öffnete die Lederbänder an seinen Handgelenken. Robert setzte sich auf, riss sich selbst die Schnallen von seinen Fußgelenken.

Er sprang von der Pritsche, packte Diana an den Schultern und schrie: »Wo?«

»Raum 3.08, nach rechts.«

Robert stürmte hinaus. Diana legte den Koffer auf den Stuhl.

»Mal sehen, wie eine halbe Million in bar aussieht.«

Sekunden später hörte sie Robert schreien: »Josy!«

Robert stürmte in den Raum, rammte Sauter zur Seite, kniete sich vor Josy auf den Boden und fragte: »Geht es Dir gut?«

Die Wachmänner waren zu verblüfft, um sich zu regen. Sauter fragte fassungslos: »Wer hat ihn befreit?«

Diana, die lässig am Türrahmen lehnte, den Koffer in der Hand, sagte sanft: »Herr Dr. Sauter.«

Er wirbelte herum: »Was wollen Sie?«

»Lassen Sie alle gehen. Sofort.«

Beinahe hätte Diana gelacht, denn kein Geräusch war zu hören, alle starrten sie an, als hätte sie chinesisch geredet.

Sauter hatte sich nach fünf Sekunden wieder im Griff und brüllte: »Ich denke doch gar nicht daran. Kaminski! Bringen Sie Gust sofort wieder in den Fixierraum. Wenn es sein muss, mit Gewalt.«

Robert sprang hoch, machte sich auf einen Kampf gefasst, Maria hinderte Josy daran, ebenfalls aufzuspringen. Rüdesheimer drückte Sabine zurück auf das Bett.

Drohend ging Hans Kaminski auf Robert zu: »Sei brav, Kleiner, mach keine Schwierigkeiten.«

Diana konnte auch laut werden: »Stopp, Hans!«

Diana sprach nur zu ihm: »Hans, hör auf. Oder möchtest Du, dass Deine Frau und Peters Freundin, einfach alle Menschen, die Du kennst, eine Kopie des Zeitungsartikels bekommen, der in Deiner Schreibtischschublade liegt?«

Kaminski grinste: »An den kommst Du doch gar nicht heran.«

Diana lächelte: »Süßer, da bin ich schon lange herangekommen. Die Kopien liegen bei mir zu Hause. Wäre doch schade, wenn Deine Frau erfährt, dass ihr lieber Mann nicht immer ein ehrlicher Wachmann war, oder?«

Sauter rief: »Denken Sie an das Geld, Kaminski.«

Diana hob den Aktenkoffer hoch: »Das hier, Chef? Kaminski. Wann entbindet Ihre Frau?«

Kaminski sah von Sauter zu Robert, von Robert zu Sauter zu Diana. Wortlos stürmte er aus dem Zimmer, Diana wich ihm gerade noch aus.

Maria ergriff nun das Wort: »Nun, Herr Dr. Sauter. Ich denke, Sie lassen uns jetzt einfach alle gehen und wir vergessen dieses kleine Intermezzo.«

Doch Sauter gab noch nicht auf: »Sie! Sie! Ich kann Sie nicht gehen lassen. Bis Frau Winkler können alle verschwinden. Aber diese alte Hexe ist per Gerichtsbeschluss hier und sie bleibt auch hier.«

»Oh nein!«, sagte Robert, packte Dr. Sauter und warf ihn gegen den Einbauschrank, »Sie lassen uns alle gehen, auch Frau Maria Winkler!«

»Rüdesheimer!«, keuchte Sauter nach Luft schnappend um Hilfe, »tun Sie doch etwas!«

Doch bevor dieser auch nur einen Schritt gehen konnte, hatte sich Sabine schon unter seinem sich lockernden Griff herausgedreht und ihr rechtes Knie hochgerissen. Mit weit aufgerissenen Augen ging Rüdesheimer zu Boden.

Diana griff in ihre Jackentasche und hielt die CD vor Sauters Gesicht: »Kennen Sie die?«

»Nein. Und jetzt verschwinden Sie.«

Diana schüttelte den Kopf: »Nein, ich gehe nicht. Und Sie sollten diese CD kennen. Sie wurde von Ihrem Geld gekauft und steckte bis vor wenigen Minuten in einem Aufzeichnungsgerät. Sie wissen doch: Raum 3.06 wird mit einer Kamera überwacht. Ich bin sehr gespannt, was die Polizei zu den Aufnahmen der letzten vier Stunden zu sagen hat. Und Sie?«

Sauters Widerstand gegen Robert sank in sich zusammen: »Verschwinden Sie einfach alle von hier.«

Robert ließ Sauter los, der schwer atmend am Schrank gelehnt blieb. Josy nahm Marias Hand: »Komm, Omi.«

»Warte, ich helfe Dir«, sagte Robert und bot Maria den Arm. Maria hakte sich bei Robert ein: »Ihr seid ein schönes Paar.«

Gleichzeitig widersprachen Josy und Robert: »Wir sind kein Paar!«

Sabine kommentierte: »Noch nicht.« Sie sah zu Rüdesheimer, der immer noch am Boden kauerte: »Halt Dich zurück. Das war mein weicheres Knie.«

Diana versperrte ihnen jedoch den Weg in den Flur: »Ihr geht hier nicht raus.«

Sabine starrte sie entgeistert an: »Was willst Du noch?«

Robert ergänzte: »Behalte wegen mir das Geld. Irgendwie kriege ich das geregelt. Wir bringen jetzt Oma Maria zum Flughafen. So schnell wie möglich.«

Sauter krächzte: »Da Sie ja jetzt reich sind, Diana, macht es Ihnen ja sicher nichts aus, wenn ich Ihnen fristlos kündige.«

Diana widersprach: »Doch, das macht mir etwas aus. Was sind denn heutzutage fünfhunderttausend Euro? Denken Sie an die CD, Herr Dr. Sauter. Ich gehe davon aus, dass ich in ein paar Tagen die Abfindung in Höhe von - warten Sie - ich war zehn Jahre hier, pro Jahr ein Monatsgehalt - einigen wir uns doch auf ein Jahresgehalt, dass Sie mir überweisen. Und da wäre noch etwas.«

Sauter zischte: »Sie bekommen Ihre Abfindung. Aber jetzt halten Sie den Mund und verschwinden!«

Sabine mischte sich in das Gespräch ein: »Diana, bitte lass uns durch. Wir müssen gehen.«

»Noch nicht. Es gibt da noch eine Kleinigkeit«

»Und die wäre?«, wollte Josy wissen.

»Wenn Ihr jetzt geht, kommt Deine Oma nie in ihrem griechischen Häuschen an. Sie wurde per Gerichtsbeschluss hier eingeliefert. Sauter wird, kaum dass wir das Haus verlassen haben, dafür sorgen, dass sie verhaftet wird.«

»Dann müssen wir Sauter eben so lange festhalten, bis Oma in Griechenland ist.«

Diana war anderer Meinung: »Das nützt doch nichts. Wir können ihn nicht für immer festhalten. Früher oder später liefern die Griechen sie aus.«

»Was dann?«, fragte Sabine.

Diana wandte sich erneut an Sauter: »Möchten Sie die CD in Ihrer Post oder bei der Polizei finden?«

»Sie haben doch schon das Geld, Ihre Abfindung, und ich lasse die alte Verrückte gehen.«

»Nur ordentliche Entlassungspapiere für Frau Maria Winkler, der Sie bescheinigen, dass sie vollkommen gesund ist und dass von ihr keine Gefahr ausgeht. Weder für die Öffentlichkeit noch für sie selbst.«

»Ich schicke die Papiere zu.«

Diana lachte glucksend: »Ist er nicht süß? Nein, Dr. Sauter! Wir gehen jetzt sofort in Ihr Büro. Sie stellen, solange wir noch alle hier sind, die Entlassungspapiere zusammen, die wir sofort mitnehmen.«

»Sie geben mir dann die CD?«

»Per Post, wie versprochen.«

»Wer garantiert mir, dass Sie keine Kopie davon machen?«

Robert war zu Sauter getreten, hatte ihn am Arm gepackt und zur Tür gestoßen: »Niemand. Gehen wir.«

Diana gab den Weg frei: »Und immer schön lächeln.«

17

Joe brachte ihnen die Pizzen: »Lasst sie Euch schmecken.«

Sie saßen auf den Bänken eines Vierertisches, der an der Wand des Restaurants stand. Josy und Robert nebeneinander, Robert an der Wand. Sabine hatte es sich ihnen gegenüber bequem gemacht.

Schweigend verschlangen sie die Pizzen. Sie waren bis jetzt nicht dazugekommen, etwas zu essen. Nachdem sie die Klinik verlassen hatten, war der Tag damit vollgepackt gewesen, Oma Maria auf den Weg zu Eduard zu bringen. Josy und Sabine halfen beim Koffer packen, Robert kümmerte sich um einen Platz im nächsten Flieger. Am Flughafen mussten sie bis zum frühen Abend warten. Vorher ging kein Flug nach Kreta. Robert hatte die Zeit genutzt, den Transfer zu Oma Marias Mann auf der Insel zu organisieren und ein paar Informationen darüber einzuholen, was zwischen seines Vaters Pharmakonzern und Sauters Klinik gelaufen war.

Nachdem Joe die leeren Teller abgeräumt hatte, legte Josy das alte Bild auf den Tisch. Drei Jungs, die offenbar einen Joint rauchten und recht dumm in die Kamera grinsten.

Robert sagte: »Danke. Nur weiß ich nicht, ob ich überhaupt noch ...«

Plötzlich stand Frederik an ihrem Tisch, strahlte Robert an: »Da bist Du ja. Hey, ich wollte mich nur bei Dir bedanken, dass Du auf die Stelle bei HPE verzichtest.«

Irritiert fragte Robert: »Wieso? Ich verzichte doch nicht.«

Frederik gab den Erstaunten: »Nicht? Aber wieso bist Du dann nicht seiner Einladung gefolgt? Hast Dich nicht einmal entschuldigt?«

»Welche Einladung? Von was redest Du?«

Frederik griff in die Innentasche seines Anzugjacketts, zog einen Briefumschlag heraus: »Uupps. Da habe ich doch glatt vergessen, sie Dir zu geben.«

Achtlos ließ er den Umschlag zu Boden fallen und grinste: »Was bringen sie euch auf der London Business School bei? Seinen Freunden zu vertrauen, wenn es ums Geschäft geht?«

Robert tupfte sich mit der Serviette den Mund ab, bat Josy: »Lässt Du mich bitte vor?«

Vor Frederik stehend sagte er: »Auf der LBS lernten wir, uns bei unseren Freunden angemessen zu bedanken.«

Seine Faust landete punktgenau auf Frederiks Kinnspitze.

Frederik taumelte rückwärts, wütend hob er seinen Arm, ballte die Hand zur Faust für die Revanche. Doch bevor er zuschlagen konnte, war Joe schon hinter ihm, hielt seinen Arm fest: »In meinem Restaurant wird nicht geschlägert. Wo liegt das Problem?«

Sabine gab ihm einen Grund, Frederik hinauszubefördern: »Robert hat nur Josy verteidigt. Der Typ hat ihr an die Brust gegrapscht.«

Als wieder Ruhe eingekehrt war, nahm Josy den Faden wieder auf: »Du wolltest etwas sagen, bevor Dein Freund hier auftauchte?«

Robert drehte das Bierglas in seinen Händen: »Wollte ich, aber Frederik hat mir die Entscheidung abgenommen. Die Stelle bei Hohenstelzer ist also futsch. Zu meinem Vater brauche ich auch nicht - will ich auch nicht. Vielleicht fange ich ja hier bei Joe als Kellner an.«

»Oder«, grinste Sabine, »Du heuerst in einem Blumenladen an.«

Gequält lächelte Josy: »Ich komme doch gerade so über die Runden.«

Schweigend starrten sie in ihre Gläser, bis plötzlich eine Frauenstimme sagte: »Hey, was soll die Trauermiene? Gibt es nicht allen Grund für eine Feier?«

Diana ließ sich neben Sabine auf die Bank fallen, hob ihren Arm, wedelte zu Joe hinüber, der hinter der Theke stand und rief: »Rotwein bitte.«

Josy war hin und her gerissen: Einerseits hatte Diana ihnen geholfen, Oma Maria zu befreien. Andererseits war sie mit Roberts Geld abgehauen, kaum dass die Entlassungspapiere für Oma ausgestellt waren. Sie begann zaghaft: »Danke noch mal, dass Du uns geholfen hast, aber ...«

Diana fiel ihr lachend ins Wort: »Keine Ursache, Süße. Es hat richtig Spaß gemacht, dem alten Ekel eine reinzuwürgen. Ich bin froh, dass ich endlich raus bin aus dem Laden. Mit dem Geld habe ich genug Zeit, mir in Ruhe einen neuen Job zu suchen.«

Robert sagte leise: »Eine halbe Million ist tatsächlich eine Menge Geld.«

Joe kam an den Tisch. In der rechten Hand ein Rotweinglas, in der linken einen Aktenkoffer. Er stellte das Glas vor Diana ab, die ihm den Koffer aus der Hand nahm. Diana stellte ihn dem verdutzten Robert vor die Nase. Bevor er den Mund aufbrachte, sagte sie: »Ich meine die Abfindung. Sorry, aber einen Tag lang das Gefühl zu haben, reich zu sein - ich konnte nicht widerstehen.« Sie hob ihr Glas. »Zum Wohl.«

Sabine grinste Josy und Robert an: »Dann wohl doch ein Job im Blumenladen, oder?«

Robert sah zu Josy, die ihn zaghaft anlächelte: »Wir können es ja versuchen.«

Ihnen hat *Holen wir Oma aus der Hölle* aus der Reihe der *rakontoj* gefallen?

Dann lassen Sie es doch Ihre Freunde wissen und bewerten Sie das Buch in dem Shop, in dem Sie es gekauft haben.

Herzlichen Dank meinen Testlesern (in alphabetischer Reihenfolge):

Anna-Maria, Andrea, Holger, Ingrid, Kerstin, Oliver.

Made in the USA
Lexington, KY
02 February 2014